小説 エコエコアザラク

著者
岩井志麻子
Shimako Iwai

原作
古賀新一
Shinichi Koga

APeS Novels

目次

カバー撮影
山田美幸

装幀
志野木良太(ステロタイプ)

本文デザイン
松田行正＋杉本聖士

組版　株式会社 明昌堂
校正　株式会社 鷗来堂

小説　エコエコアザラク

プロローグ【ミサちゃんのパパとママ】

私は二度、生まれたの。

一度目はもちろん、パパとママの子として。

幼かった頃、記憶の中のパパは大きくてかっこよくて温かくて、とっても素敵だった。

子どもの頃の思い出の中のママは、テレビや漫画で見るどの女優やお姫様よりきれいで優雅で、すごく優しかった。

二人は若い頃、アメリカで美しい魔術師の夫婦として人気を博していた時期もあるのよ。私は、その頃のパパとママは知らない。まだ、生まれていなかったから。

そんなパパとママが、どうして魔術や呪術の世界にのめり込んでいったのか、私はちゃんとパパとママに聞いて、丁寧に教えてもらったわ。

要約すると、世の中の不正や不条理と戦うため、弱き人々を守るために強い武器を身につけようとした、とのことよ。

そんなパパとママは、私が生まれてからは日本に戻って普通の会社勤めや主婦をしていたけれど、その合間にいろんな国に出かけていっては、あらゆる魔術や呪術を学んで会得《えとく》していったの。

その間、私は田舎のお祖母《ばあ》ちゃんちに預けられていたけど、パパとママと一緒に外国に行くこともあったし、家の中で二人が裸になって魔法陣の中で踊ったり、悪魔を呼び出して獣に変身したり、墓地で死者を掘り起こしたりするのも見てもいたわ。

そうしてあらゆる魔術が使えるようになるまであと一歩となったパパとママは、仕上げとして南米のある国に渡ったの。私も連れて行かれたわ。

「ミサちゃん、パパとママの願いを叶《かな》えてね」

「えっ、私にできるかなぁ」

そこは昔から、捕虜の首を狩って干し首を作ったり、永遠の命を吹き込むためにミイラを作ったり、とにかく強力な呪術と呪術師に支配された国だった。

湿気のものすごい、緑の地獄のような天国のような、ジャングルの奥地。棘《とげ》だらけの樹々《きぎ》に毒草だらけの道なき道。日本にはいない色彩の巨大な鳥や虫。鮮やかな果実の中に隠れている獰猛《どうもう》な獣。そして、呪術師達の村。

漆黒の滑らかな肌に、深く彫り込んだ刺青《いれずみ》、そして薬草の汁で描いた護符《ごふ》。呪術師達は年齢も性別も何もかも、私にはよくわからなかった。

パパとママが奥義《おうぎ》を授かる前日、その村の小屋で私達は眠ったわ。土と藁《わら》と動物の糞《ふん》で造られた、粗末な小屋。呪術師に仕える村の子ども達が、土器に注がれたお茶みたいな飲み物を持ってきた。たぶん、麻薬が入っていたんだわ。

いい匂いといえばそうなんだけど、なんともどんよりと頭が重くなる香木を焚《た》く匂いが漂ってきて、私とパパとママはひたすら、エコエコアザラクと呪文を唱えてた。

それが私にとっては、頼もしくて素敵なパパとママは長らく見られなくなる、最後の夜として刻まれた。

その夜、私はパパとママの間に挟まって寝ながら、顔だけ人間の鳥に生きたまま内臓を食べられたり、乾いたピラミッドみたいな建物の上で生きたまま石のナイフで胸をえぐられて心臓を取りだされたり、いろんな悪夢にうなされたわ。

翌日、太陽がぎらつく村の広場に連れだされた。その真ん中に、彼らが太陽皇帝《たいようこうてい》と呼ぶ最高の魔術師のミイラが祀《まつ》られていた。

御神輿《おみこし》に座っている、裸に豪華な装飾品だけつけたミイラは、もちろん目玉はなくなっていて、そこには真っ黒な空洞があるだけ。でも、私を見つめたのがわかったわ。

あっという間に私は、今日の儀式を執り行う呪術師や村の女達、手伝いの者達にも取り囲まれ、担ぎ上げられ、着ているものをみんな脱がされた。

怖くて泣いたけど、パパとママは静かにじっとミイラに祈りを捧《ささ》げているだけだった。

私はミイラに抱きつかされた。ミイラは、昨日のお茶と香木の香りがした。そして、ミイラは動いた。きれいに揃《そろ》った歯がかちかちと動き、何かをささやいた。

私を抱きしめ、自分の中に私を取り込もうとする、あるいは私の中に入ってこようとした。鋭い痛み、鈍い痛み、重い痛み、あらゆる痛みに苛《さいな》まれた。

私の体から、血も涙もおしっこも、なんだかわからない液体、体液、汁がおびただしく滴《したた》り落ち、飛び散った。私は叫び疲れ、泣き疲れ、死んだようになった。もしかしたらあのとき、本当に一度死んだのかもしれない。

気がつくと私は、その南米のジャングルを遠く離れ、都心にある高級なホテルのベッドに寝かされていた。傍らにはいつ来てくれたのか、田舎のお祖母ちゃんがいた。

「さぁ、ミサちゃん。もうすべて終わったんだから、一緒に帰ろうね」

「パパとママはどこ」

起き上がると、お祖母ちゃんは小さめのトランクをベッドに載せた。静かな表情でその蓋を開け、中を見せてくれた。

茶色で小さく干涸《ひから》びた、ミイラが二体。この国の民族衣装に使われる、鮮やかな布きれで巻かれている。私はすぐに、これはパパとママだとわかった。

「ミサちゃんは、パパとママに生贄《いけにえ》にされたんだけど、それは恨むことじゃないよ。だって太陽皇帝が、とてもとてもミサちゃんを気に入ってしまったんだから」

そのとき私は、瞬時にいろんなことを理解したわ。太陽皇帝は私を気に入って生贄にしたけれど、私にもすごい魔術、呪術の力を与えてくれた。

パパとママは私を生贄に捧げたから、永遠の命を得た。こんな小さなミイラにされてしまったのは、皇帝の呪いでも罰でもない。

こうなることは、パパとママが望んだことだもの。すべての魔術と呪術を我がものとし、究極のところにたどり着いた。死んだまま生きる、生きたまま死ぬ、人であって人でなく、人でなくなったけれど人のまま。

だってパパとママは、うれしそうに微笑《ほほえ》んでいる。私が話しかけたら、ちゃんと返事もしてくれた。

「パパとママは、生と死をまたいでいる、はざまにいるけど」

「ミサちゃんは、もう一度生まれたの。魔女として、生まれ変わった」

そこでお祖母ちゃんが、バタンとトランクの蓋を閉めた。

「さぁ、そろそろ空港に向かわなきゃ」

私は起き上がり、シャワーを浴びる。もう、傷はどこにもない。痛みも消えた。

「航空券は、お祖母ちゃんとミサちゃんと二人分だね。この二人はここに入れたまま、人形ってことにして飛行機ではお祖母ちゃんの膝に乗せておくよ」

お祖母ちゃんは、明るく笑った。

「航空券の節約にもなるしね」

逃げる女

「私は、いつでも逃げている女なの」

これは、わりと誰にでもいえる。聞いた人は苦笑し、うなずく。

「私は、子どもを殺した女なの」

これは、誰にもいえない。誰にいっても、絶句するだろう。

いや、いわなくても知っている人が一人いる。そして、何もかも打ち明けようと思っている人が一人いる。


──赤部有里《あかべゆり》が黒井《くろい》ミサに初めて会ったのは、たぶん半年くらい前だ。

有里はまだ大きな不幸の中にも、この世の地獄にもいなかったけれど、その入り口にたどり着いていた頃だ。

その頃、有里が親と息子と住んでいた街の、商店街のどこか。外灯もネオンも人通りも乏しく、この世の果てみたいな雰囲気に沈んでいた。

ほとんどのシャッターが降りていた物寂しい通路の隅に、セーラー服の女の子がいた。髪も瞳も服もすべてが闇の色をした彼女が、ミサだった。

こんな夜中に塾帰りか夜遊びか、まぁ私には関係ないわと通りすぎかけた。

でも、何かが引っかかって足を止めた。すでに師走に近い季節で、ひどく寒かった。ときおり、悲鳴のような音を立てる風が鋭く吹きつけてきた。

ミサは闇に溶け込むような黒いセーラー服を着ていたけれど、高校生ではないとすぐわかった。老けているのではない。大人びている、というのもまた何か違う。あどけないとすら形容できる小さな顔は、白い花のようだった。

「えっ、占い?」

よく見れば、ミサは白い布で覆った小さな机の前に座っている。机の上には、『占い』と書かれた行燈《あんどん》のようなものが置いてあった。

「あの……見料《けんりょう》っていうのかな。いくらくらいなの」

立ち止まり、声をかけていた。もともと有里は、占いにそんなのめり込んだことはなかった。といって頭から否定したり、ばかにしているのでもない。

テレビや週刊誌で今週の星占いなんてのをやっていればつい見てしまうし、いいことが書いてあれば信じるしうれしくなる。

でも、わざわざ占い師にお金を払ってまで見てもらったことはない。つまり占いに対して、もっとも一般的な向き合い方をしていたのではないか。

なのにセーラー服の可憐《かれん》な、いや、妖艶なだろうか、とにかくミサの前で足を止めてしまったのは、占いそのものよりもミサ自身の醸《かも》し出す雰囲気のせいだった。

有里はダウンコートを着込んでいても凍えていたのに、セーラー服だけのミサはまったく寒そうな様子を見せていなかった。

ミサの周りだけ、違う空気が取り巻いているようだった。それは雑多な街に似つかわしくない清らかな乙女の吐息のようでもあり、ひどく無慈悲で冷ややかな魔女の煮込む毒草の匂いのようでもあった。

そう、魔女だ。後々、有里は初めてミサに会ったときの印象を思い出そうとすると、謎めいたきれいな女性だった、セーラー服を着た美少女だった、というのよりも強く、暗い魔女みたいだったとうなずいてしまっていた。

「お姉さんが、払いたいと思った金額でけっこうですよ」

意外と声は、可愛《かわい》らしかった。それがますます、ミサを年齢不詳にさせた。

白い布をかけた机の下に、ミサのいろんなお道具が入っているらしい。布の下から、古びたスーツケースがのぞいている。

「時間も特に決めてませんから。お姉さんが納得したところで終わりです」

「星占いなの、それとも霊感。タロットかな」

「黒魔術《くろまじゅつ》です」

えっ。意外な答えだったが、何かとても納得できるものがあった。

「黒魔術って……なんだか怖いな」

「いえ。人と量によって毒は薬に、薬も毒になります。黒魔術も同じ」

「あなたは、それでも占い師なの」

「占いもできる、魔女ですよ」

魔女。それもとてもすんなり、有里をうなずかせた。きっとセーラー服を脱いで、裸で悪魔の集会に出て踊っているのだろう。それは容易に想像できた。

最初は官能的に。次第に普通の人間にはできない格好をするようになり、毛むくじゃらのいやらしい悪魔が降りてきて、ミサの白い肌にいろんな悪い刻印を押すのだ。

猫のような、でもない。人形のような、とも違う。すべてを吸い込むような瞳に、自分が映っていると思うと有里は怖くなった。

ミサは手際よく折り畳み椅子を引っ張りだして有里を向かいに座らせ、まるで小さな地球儀のような水晶玉を取りだし、古びた木の台座に置いた。

「占星術もタロット占いもできますが、今夜の気分はこれですね」

少し迷って、有里は今財布に入っているお金のすべてを置いた。といっても千円だ。今はすべて親に頼っていて、息子のミルクもおむつも買ってもらっている。

たまには外で息抜きしてきなさいと、親は小遣いもくれる。それでハンバーガーを食べたり、百円ショップや駅前の量販店で小物を買ったりする。ささやかな贅沢《ぜいたく》。それをうれしいとも、みじめとも感じる。

食べることに困っているのではなく、住む家や頼る人がいないのでもない。それでも自分の今の手持ちが千円であることに、有里は絶望していた。

明日にはまたいくらかもらえるが、子どもの頃のように無邪気にお小遣いうれしい、とはならない。お互いに。

あなたよりもっと困っている人がたくさんいる。あなたはまだ恵まれている。それはそうだろうけど、今の有里にそんな言葉、救いにはならない。

それに、この占い師はそんなことはいわない気がする。

「エコエコアザラク」

よく聞きとれなかったが、不思議な呪文を唱えた。聞いたことのない深く暗い旋律に乗って、エコエコ……というつぶやきは陰鬱《いんうつ》な夜空に吸い込まれ、疲れた有里の全身に響き、冷ややかな水晶玉を曇らせた。

「あ〜、可愛い赤ちゃんが見える。でも可哀想《かわいそう》」

確かに、ミサはそういって微笑《ほほえ》んだ。有里は息を呑《の》む。

可愛い、の聞き間違いではなかった。私だって可哀想な女よ。いいたくなる。いや、その前に。

ミサはいきなり、子どもがいるのをいい当てていた。

「可哀想も、人それぞれ。でも、誰が見たって一番可哀想なのは、この子になるわ」

「確かに、うちの子ちょっと可哀想」

有里も身を乗り出すが、有里の目には水晶玉に映る何かは見えない。冷ややかに月光を映しているだけだ。

「見えるのね。ねぇ、今が一番可哀想なの？　うちの子は」

ミサは、じっと水晶玉を見つめる。慈悲深くとも冷酷《れいこく》ともとれる表情と口調で、

「ある意味ではこの赤ちゃん、今が一番幸せかも」

といった。有里はこのとき、確かな恐怖と絶望を覚えた。

今が一番幸せ。それは恐ろしい、呪いの予言。なぜなら、この先は不幸だといっているも同然だからだ。

逆に今が一番不幸せといわれたら、それは祝福の予言だ。これ以上、悪くならない。未来には、幸せが待っている。

「私は、どうしたらいいの」

「今は、逃げないことです」

ぼんやり感じてはいたが、自分がずっといろんなものから逃げ続けていたことを突きつけられた。水晶玉に、何かの影が過《よ》ぎった。逃げる獣のようだった。

「ただ、子育てをしていればいいのかな」

「ええ。とにかく今は、いるところにとどまってください」

ミサの占い、予言は最初から当たっていた。有里はそれを聞かず、とどまらなかったことで、それを証明してしまうことになる。

※

有里は中学の頃から彼氏と呼ぶ相手はいつもいたし、自分は可愛くてモテるから人生楽勝、と思い込んでいた。

勉強はあまり得意ではなく、というよりいつも真ん中より下で、スポーツも音楽も美術も平均点すれすれ、何かの代表に選ばれたり賞をもらったりは一度もない。

可愛さだって、我が校のアイドルといわれたり、他校の生徒にも知られていたり、というほどではない。そんな子は、他に何人もいた。

すべてがお手頃な感じといえばいいのか、地方の公立にいればまぁ可愛いとはいってもらえても、美人のお嬢様が集まる学校や職場では冴《さ》えない子でしかなくなるだろうし、そもそも美人のお嬢様達が多くいるような学校や職場には行けない。

バスの運転手をしている父と、食堂でウェイトレスをしている母。そして姉とそっくりといわれる、やんちゃで可愛い弟。

家は決してお金持ちではないけれど、親は揃《そろ》って真面目で陽気で、家庭は温かかった。何かに不自由させられたことはない。

生まれたときから住んでいる、有里が生まれたときすでに築三十年だった団地は老朽化しているが、近所周りはみんな親戚みたいなものだった。

「いつも可愛いねぇ、有里ちゃんは」

「コロッケ多めに作ったんだ。ちょっと持って帰りな、有里ちゃん」

有里に、グレる理由はなかった。上を見ればきりはないけど、自分と自分を取り巻く環境にも、不満や劣等感など感じることもなかった。

ただ有里は同級生の大半が進む近所の県立高校を落ち、遠方の女子高に入った頃から、自分ってそんなに世間じゃ勝ち組じゃないかも、というのは感じ始めていた。

友達の紹介してくれる男も、街なかや電車でナンパしてくる男も、あの女子高といえば断られたり、甘く見られたりもした。

のほほんとした幸福の中にはあったが、大勢にうらやましがられる、都会の女達からも目標や憧れにされるというのはないな、とわかり始めていた。

でも。やりたい、と思っているときの男はひたすら可愛いキレイと優しくしてくれ、有里の機嫌を取ってくれる。

抱き合っているときは有里だって、今の自分はこんなに愛されて、この男にとっては最高の存在になっている、とうっとりできた。

男に求められ、男と抱き合っているときだけは、自分が冴えない女で地味な世界に生きている現実を打ち消せたし、忘れられた。

だから、大学なんて最初から選択にないし、といってやりたいことも入りたい会社もなく、ただお小遣いは自分で稼ごうと決めた高校三年生の夏休み、バイト先で会った響一《きょういち》にどっぷり溺れた。

一回り近く年上の彼はものすごく大人びて見えたし、それでいてノリが良く何もかも気が合うと信じられた。響一は有里の人生、世界のすべてになった。

そうして、あっという間に妊娠してしまった。もともと生理不順だったし、悪阻《つわり》もほとんどなかったので、五か月に入るまで気がつかなかった。

そういえば生理がずいぶん無いな、なんとなくお腹《なか》が出てきたな、えっ、何か動いてるよ、となって薬局で買ってきた妊娠検査薬を試したら、くっきり陽性反応が出た。

「マジ妊娠してる。死にたいよ」

響一に打ち明けたらまずは絶句されたが、とりあえず病院に行こうといわれた。

いろんな不安と心配で有里はずっと涙ぐみ、響一はどう対処していいのかわからなかったのだろうが、ずっと押し黙っていた。このとき初めて、響一って頼りないかも、と唇を噛《か》んだ。

検査の結果、もう中絶できない中期に入っているのがわかった。

「えーと、これは結婚するしかないかな」

「それ、本気よね」

思いがけないプロポーズ、といっていいのだろうが、有里はうれしさと不安と安堵《あんど》といろいろな感情が押し寄せ、わんわん泣いた。ちらっと感じた不信感も吹き飛んだ。

双方の親は驚き、あきれ、怒り、心配もしたが、有里の急激に膨らみ始めた腹を見れば、もう結婚に持っていくしかなかった。

「ちょっと順番が違うだけ、ってやつか。子どもに罪はないしな」

予定日は五月の半ばだったから、卒業式の頃にはごまかしようのない腹になっているはずで、高校は中退するしかなかった。

退学届を出した後、すぐに婚姻届を出した。結婚式は後回しだということにして、息子の輝磨《てるま》は生まれてきた。丸々とした、という形容そのままの元気な大きな子だった。

赤ちゃんと若夫婦の三人は夫の家で同居とはならず、といって新居を借りる余裕もなく、しばらくは別居婚となった。

有里と輝磨は、しばらく有里の家で暮らすことになった。若すぎる有里が、一人で赤ちゃんの面倒を見るのは無理だと周りは見たし、響一にも充分な稼ぎはなかった。

親は近所の手前、やや体裁が悪いというようなこともいったが、初孫が生まれてくればやっぱり可愛いとなった。若すぎる叔父になった弟も、よく面倒を見てくれた。

輝磨は家族みんなに可愛がられ、近所周りでも可愛い可愛いと目を細められても、やっぱりママ、ママと有里を求めた。

有里がちょっといないだけで泣き、必死に探した。それほどまでに誰かに求められたのも、頼りにされたのも初めてだと、有里も息子がいじらしくて涙ぐむときもあった。

「この子が、私を大人にしてくれるかな」

若くして母になったことは、誇らしさと寂しさもあった。高校時代の友達も輝磨を見に来てくれたが、大学や専門学校に入ったり社会人になったりで、みんなそれぞれの新たな世界に羽ばたいている様子を教えてくれる。

ＳＮＳでも見ていたが、直接会って本人の口から聞けば、そのきらめきはまぶしいだけでなく、有里の暗い影もくっきり対比させた。

「私、老けてないかな」

「そんなことないよ〜、相変わらず可愛いよ有里は」

なんだか、そんな言葉も見下されて哀れまれているように感じた。友達はみんな、これからを生きる顔をしている。

自分は良いいい方をすれば早くに落ち着いたけど、若さの特権の自由さを、みずから手放した気もする。

SNSで若いママ友を探し、何人かとは交流するようになった。しかし、いつまでもギャルっぽくおしゃれなママ友には引け目と劣等感を刺激され、早々にしっかりと落ち着いたママ友には圧倒され、これまた別の劣等感を刺激される。

息子は可愛いけれど、朝から晩まで二人でいるのはなかなかつらいものもあった。昼間は親は仕事に出ているし、弟も学校に行っている。

夫で父になった響一は、とりあえずスーパーのバイトもしているし、家はそんなに近所でもなく、毎日は来てくれない。

「私だけ、取り残されてる」

みたいな愚痴を友達にいうと、必ず明るく返された。

「なにいってんの〜、有里が一番先に大人になったんじゃない」

結婚して子どもを育てる。それは確かに、大人がすることだ。はたして自分は、本当に大人になったといえるんだろうか。妻にはなった。母にもなった。でも。

私がいなきゃ、輝磨は生きていけない。それは責任感もずっしり負わされるが、誇らしくうれしいことでもあった。

誰かのかけがえのない人になった。私がこの子を守る。それは確かに、大人になったということだろう。輝磨を抱きしめると、その気持ちを強くする。

とはいえ現実には、子どもが小さくてまだ外で働けないというのもあるが、有里と輝磨の生活費はすべて親が見てくれている。つまり有里もまた、親がいなければ生きていけない子どもだった。

夫は、生活費をくれない。響一もまた、親がかりなのだ。親と住んでいる響一はいつの間にかバイトも辞め、独身時代と何も変わりなく自由気ままに、自分勝手に生きていた。

親に小遣いをもらってゲームセンターに入り浸り、仕事を探すふりをして出会い系サイトにはまっていた。

ほんの一時期、有里の父の紹介で響一が社宅のある工場に勤めることとなり、三人で六畳二間に暮らしたこともあった。ままごとみたいな暮らしは三か月で終わり、それぞれの実家に戻った。

もちろん、響一が仕事を続けられなかったためだ。有里も、一人で輝磨を風呂に入れるのもおぼつかず、夜泣きされれば一緒に泣き、狭い家の中は足の踏み場もない状態に荒れ、輝磨は湿疹《しっしん》だらけになった。

響一は気が向いたときだけ、まるで輝磨を犬の子みたいにかまうだけで、我が子としての育児はまったくやらない。その姿に、かなり有里は怒りを溜《た》めていった。

有里の親は、有里はまだ赤ちゃんの輝磨を見なければならないのだから、働きに出られないのは

仕方ないこととしても、

「父親である人が、遊んでばかりで一円も出さないのはどうなんだ」

と不満は漏らした。有里も、いたたまれなかった。

あちらの親には妙な遠慮があって、養育費を出せと強くはいいにくかった。あちらの家も困窮しているわけではないが、裕福とはいえなかった。

「今はそっちに住んでいるんだから、そっちの子だろ」

というのが、輝磨のためのお金を出さない響一側の理由だった。

そもそも夫は大学も就職も半年ともたずに投げだしていて、バイトは気が向いたら行ってもすぐに辞める人だった。それは出会ったときから、わかっていた。

すでにどうしようもなく、辞め癖と負け癖のついた人だった。

なのに、自分をそんなふうにはとらえていない。真剣に責められてもへらへらと、

「中学んときのツレも、高校んときの仲間も、みんな仕事辞めてるじゃん。みーんな無職、みーんなフリーター。みんな、それでなんとかなってんだもん」

で笑ってすます。みんなが死んだらお前も死ぬのか、という幼稚な煽《あお》り文句を使いたくもなる。それをいったら、じゃあ死んでやる、死ぬのはお前にいわれたからだ、お前のせいで死ぬんだ、と逆切れするし。

そもそも何かと真剣に戦ったことも、冷徹に値踏みされたことも査定されたこともなく、というより、されていても気づかないのだが、とにかく客観視ができないので、自分を負けているとは思

わないのだ。このあたり、響一は有里よりも幼かった。

思えばバイト先で出会った頃から年齢差を感じなかったのは、響一が若々しいからではなかった。精神年齢が、ほぼ同じくらいだっただけのことだ。

昔から彼女と呼べる女も、くっついては離れ、離れてはくっつき、これもすべて長続きはしなかったようだ。飽きるのだ。嫌いになるのではなく。

有里に対しても、そうだった。お互い、すでに完全に心は離れていて、となれば響一が息子にも強い想いなど抱くわけがなかった。

「もっと将来を考えてよ。大人になってよ」

「おまえもだろ」

「私達、合わなかったね」

「いいや、お似合いだったんだ」

響一はたまに有里の実家に来て、ちょっと輝磨と遊ぶ。その場面だけを見た近所周りの人からは、仲のいい夫婦、いい親と見えただろう。

かっとなりやすく、逆切れしやすい。でも暴力は振るわず、多少の借金はあるものの、なんとか返せる範囲内だ。

パチンコは好きだが、依存まではしてない。薬物にはまったく手を出さないのも、ちょっと試したら体質に合わなかったからだそうだ。

浮気も本当につまみ食い程度で、同じように一晩限りと割りきれる女としかしないので、揉《も》めることも破滅もない。

つまり、決定的なわかりやすい悪い人でもなく、悪いこともしていない。ただぼんやりとあらゆることを深く考えず、とことん浅いところで生きている。

何に関しても面倒くさがりでいい加減で、他人頼みだ。積極的な悪党ではなく、消極的にダメな人だった。それをあまりいうと、

「有里はその女版だ」

と返される。悔しいが、いい返せなかった。

ともあれ響一は煙草《たばこ》は食事中にもひっきりなしに吸うくらいで、妊娠中でも新生児の息子の前でもおかまいなしだった。パチンコは必ず負けるのに、次こそ勝つと信じているし。スマホのゲームも、課金してまで夢中になるのがいくつかあった。

だらだらとテレビを観ながらコンビニのお菓子を一袋あけてペットボトルを次々開けて、三十代になったばかりなのにすっかり中年体型になっている。

出会った頃は、有里と兄妹に間違えられるほど似ていて、目立つイケメンというほどではなくても、つまりそこそこの容姿もしていたのに。

「なんでこんな男に恋したのかなぁ。いや、あれ恋じゃなかったね」

とにかく目の前の安い快楽にまんまと流され、安易な罠《わな》にやすやすとはまる。それでいて自分はちょっと賢い、要領よく世渡りできていると勘違いしている。

酒に弱い体質でビール一杯で酔っぱらうのは、それだけでもはや神様からのご褒美《ほうび》だと有里は真

剣に感謝した。これで酒に溺れられたら、目も当てられない。

当然のように、そしてお互いさまで性欲と恋愛の区別がつかなくて、妊娠は予期せぬ事故みたいなものだった。本当に皮肉なことに、お似合いの夫婦だった。お似合いだからうまくいくとは限らない好例だ。

中絶できる時期に妊娠に気づいていたら、輝磨は産んでなかった。そして結婚もしてなかった。その方が幸せだったのかな。有里は黄昏時《たそがれどき》に、必ず一度は涙ぐんだ。

夫となっても響一は、妻と子に対して責任を取るなんてものじゃなく、そもそも責任なんて言葉の意味もわかってなかった。これまた、有里も同じだった。

有里は有里なりに輝磨を可愛がったつもりだが、持てあますことも多くなっていった。夜泣きもするし、よく熱も出す。這《は》い這いできるようになると、危ないことばかりやってくれ、片時も目が離せなくなった。

親が帰宅したら、待ってましたとばかりに押しつけて遊びに出るようになり、

「この子さえいなきゃ、もっと青春を楽しめたのに。もっといい男と結婚できたのに」

と輝磨の前で泣いたこともあった。いくら輝磨がまだ物心ついてないとはいえ、と親も怒るよりあきれた。

響一はもっと無責任に身軽に生き、出会い系かパチンコ店でか知らないが、とにかく出会った女の一人を、また妊娠させてしまった。その女が産むといい出し、響一は悪びれずに、別れてくれとラインしてきた。赤ちゃんのスタンプを添えて。

この夫婦の結婚、家族の暮らしはとても短かった。占い師でなくても、予見できた。

夫には、財産と子どもへの愛がない。これは、離婚をすんなりと進ませた。

とはいえ、有里と輝磨の生活は今までとあまり変わらなかった。親の家で親に面倒を見てもらい続けるのだし、たまに来ていた響一がまったく来なくなるだけだ。

「息子に恥ずかしくない親になれよ」

「この子には罪はないけど、どっちの親もろくでなしだったな」

父と母と交互に、ときには同時に説教されケンカした。

「輝磨が一歳過ぎたら、なんでもいいから働きに出なさい」

「将来のために貯金も必要だし、あまり長く家にいると、いざというとき外に出るのも億劫《おっくう》になるし、働く感覚みたいなものが鈍る」

「私らだって、いつまでも働けないんだよ。いつまでも若くないし」

等々、親のいうことはもっともなことばかりだった。

だからこそ、追い詰められるというのもあった。ちょっと可愛くてモテたなど、今の有里には何の武器にも救いにもならない。

元彼や、以前ちょっと付き合った男達に連絡してみたが、

「え、すぐには出られないよ」

「俺も忙しいの。当たり前だろ、働いてたら」

「嫁に怒られる。えっ、いってなかったっけ。もうすぐ二人目が生まれる」

といった返事ばかりだ。返事をくれるだけまだましで、中には電話番号が変わってしまっているのや、着信拒否をする男達もいた。

臨月で十五キロ太ってしまったこともあり、今までの服が着られなくなって楽ちんな格好をするのが習慣になっていて、だから街に出てもナンパもされなくなった。

女友達には、会いたくなかった。会ったって、自分がみじめになるだけだ。

キラキラして充実しておしゃれして、新たな出会いや未来を夢見る、恋の真っただ中にいる友達に会ったら、私も主婦として母としてがんばっているの、とはとてもいえなかった。向こうも、そう見てもくれないだろう。

そんなときだ。初めて黒井ミサに会ったのは。

※

寂れた寒い商店街の片隅で有里が出会ったのは、黒魔術の使い手だという不穏な雰囲気をまとった美しい占い師。そして、魔女。

そういえばいつ彼女は、みずからを黒井ミサだと名乗ったのだろう。そこのところがどうしても、有里は思い出せない。

闇に溶け込む黒いセーラー服と、闇に浮いていた白い花のような顔。きっと不吉な影が過ぎったに違いない、冷ややかな水晶玉。

「赤ちゃん、今が一番幸せかも」

といわれたのが忘れられない。有里の息子、輝磨のことを。

「逃げないことです。今いるところにとどまって」

これが、最悪の事態から逃れるための方法だと指南された。親元でこのまま子育てをしろ、ということだ。

それは有里にとって簡単なようでいて、難しかった。有里は、居心地の悪いところからは改善でも対処でもなく、逃げることばかり考えていた。

もう一度会って見てもらいたくて、何度かあの場所に行ってみた。いつも、ミサはいなかった。ネットで検索してみても、ミサらしき占い師の噂《うわさ》は出てこない。それっぽい人達は何人かいる。神秘的な美少女とか、神出鬼没の魔女っぽい美人とか。

でも、行ってみればみんな違った。確かに美しい占い師はたくさんいたが、ミサほどの黒い清らかさといった空気をまとう女はいない。

昼間にミサが座っていた場所に行き、後ろの店の人に聞いてみたら、

「そんな子、うちは知らないですよ。場所を貸しているなんてこともないし。勝手にうちの前でそんな商売されたら困るなぁ」

などと眉をひそめられた。どうにもミサを探し当てる方法はなく、そうこうしているうちに輝磨も歩けるようになった。定期的に行かなければならない健診でも、

「とっても順調に大きくなってますよ」

といわれ、息子の成長は喜びで楽しみだったが、有里はもやもやとした不安や不満からは逃れられなかった。未来は輝くものではなく、曇っているものだった。

学歴もなく手に職もなく、有力者や資産家の親がいるわけでもなく、立派な夫もいない。若くして結婚離婚をし、子育てに追われている。

中学高校の頃は、勉強できなくても親が金持ちでなくても、自分は可愛くてモテるから、すべて楽勝と思っていた。結果は今の状態なのだし、さすがに二十歳になればそれで楽勝とはいかない現実も見えてくるはずだ。

学歴や資格などは今からでもがんばれば身につけられるし、なくたって好きな仕事をしている人、別の夢を追っている人はいっぱいいる。親に金や地位がなくても自力で成功する人、夢を叶《かな》える人だってたくさんいる。

なのに有里はそれらは無視し、今の自分に残された唯一の武器、と信じるものにしがみつくようになった。まだまだ私は、可愛くてモテる。

出会い系も使ったし、片っ端から友達に合コンしよう、いい人いたら会わせてよ、紹介してよ、と頼んで回った。

「だって私、まだ若いし可愛いもん。まだまだ、これからだもん」

その場に出かけるときは当然、親に輝磨を預けた。友達と会う、仕事を紹介してもらう、などと嘘《うそ》のいい訳をして。親は、信じるしかない。

男達と飲んだ後は、ホテルに行って泊まって朝帰りした。青春を取り戻さなきゃ、という焦りもあった。損した分を取り戻したい、とも考えた。

誰も、それは違うだろうとはいわなかった。男達は、刹那《せつな》の愛の相手ができればそれでいいのだ。真剣に、有里に忠告などする義理もない。

有里はもう、可愛い、きれい、好き、男にそういって抱き寄せてもらう以外に、自分を保つことも幸福を感じることもできなくなっていた。

幼い子どもがいるのに朝帰りして、昼過ぎまで寝ている娘。これはどうも、職探しなどではないな。気づいた親は毎日、心配して怒って説教した。

「輝磨が可哀想すぎる。可愛い盛りなのに、なんて不幸な子だ」

という親に、黒井ミサにいわれた言葉をぶつけた。

「この子は、今が一番幸せなんだってば」

ある日とうとう、弟も巻き込んだ大喧嘩《おおげんか》になった。親が、

「こんなぐうたらで遊び好きの、子どもも放《ほ》ったらかしのだらしない小姑《こじゅうとめ》がついてくるとなれば、あの子に嫁は来ない」

などと弟のことをいったので、

「あの子に魅力があれば嫁は来る」

といい返したところ、弟にきっぱりいい切られてしまった。

「いや、姉ちゃんそれは違うよ。結婚ってのは二人だけのものじゃなく、家同士のものでもあるんだから。姉ちゃんは子どものまんま結婚しちゃったから、よくわかってなかったんだろうけど」

「なによっ。私だってがんばってるのに、私だってがまんしてるのに」

泣きわめき、死んでやると騒ぎ、温厚な親も怒鳴り、輝磨も泣きやまず、修羅場となった。そして有里は、叫んだ。

「明日は輝磨を連れて、こんな家は出ていく」

翌日、昨夜の喧嘩はくすぶってはいたが親は出勤していき、弟も登校した。一応、喧嘩は収まっていたから、親も弟も有里も少しは大人しくしおらしく、夜遊びも男遊びも控えるようになるだろうと思っていた。

出ていく、というのを親は本気にしていなかったのだ。

けれど有里は、家を出る決意を固めていた。意地で育てると決意したのでも、死に物狂いでこの子だけは放さないとがんばったのでもない。

ペットの子犬を連れだす気分だった。まぁなんとかなるわ、子犬なら小さいしなついてるし大人しいし可愛いし、みたいな。

男達の何人かに相談し、決まったのは子どもを連れて入れる寮がある、店舗型の風俗店だった。

その世界では、中級店となっていた。

それしかなかった。怖くもなく、みじめでもなかった。

自立には違いない。泥棒でも詐欺《さぎ》でも犯罪でもない。風俗店は合法の、れっきとした職場の一つなのだ。泥棒や詐欺を生業《なりわい》にしている女達もいることを思えば、みずからの体を使って稼ぐ風俗嬢は、真っ当で真面目ともいえた。

実家の最寄り駅から一時間ほどの距離にある、魅惑と危険に満ちた大きな繁華街の一角にあるそこは、金も保証人も学歴も職歴もない、しかも独身で子持ちの有里には贅沢も文句もいえない場所だった。

有里が選べる場所は、若さを持ちだしてもかなり限られてきている。有里は、もはや選べる立場にはない。あちら側に選んでもらえるのを待つしかないのだ。

古びたアパートの、六畳一間のワンルーム。前の住人の臭いが、強く残っている。けれど、初めて自立できた、大人になれたと高ぶった。

輝磨は最初こそ不安がったし、ジジババを恋しがって泣いていたけれど、すぐ慣れた。

親には、住み込みで働く場所を見つけたと電話した。親は風俗店とは思ってないから、

「とりあえずほっとした。たまには輝磨を連れて戻りなさいよ」

みたいに優しくいってくれた。風俗店と知ったら、輝磨を連れ戻しに来るだろう。

簡単な、と店にはいわれたけど。それでもけっこうハードと感じた店長やスタッフ相手の講習を経て、すぐに接客させられた。見知らぬ男との密室での裸の触れ合いも、仕事だと思えば割りきれた。

近所の託児所を紹介してもらったが、お金がかかるので部屋に残して鍵をかけた。泣き疲れて床に丸まって寝ている輝磨の姿を見たときは、私はいったい何をやってるんだろうと泣いてしまった。

しかし他にも子連れの女は何人もいて、すぐに打ち解けられた。一緒に客の悪口で盛り上がったり、それぞれの子どもを連れてご飯を食べに行ったり公園で遊んだり、それなりに穏やかで楽しい

日々にもなった。

託児所や他人に子どもを預けっぱなしの女もいたけれど、

「この子のために生きている」

「男は裏切るけど、子どもは違う」

そんなふうに子どもが命の女達もいて、なんとなく有里もそんな気分になってはいた。実際、まだよちよち歩きの息子は、子犬みたいに可愛かった。

でも、やっぱり有里は物足りなかった。男だ、男。店では毎日、何人もの男に会う。それとは別に、ダイエットして派手な格好と化粧もするようになったので、街なかのナンパもされるようになった。でも、まだまだ物足りない。

ようやく、わかってきた。男はみんな自分にとって必要なもの。でも、いっときの熱病みたいなものばかり。あるいは現実逃避、おめでたい勘違い。

本当の意味で、何かに誰かに強く執着したことも夢中になったこともなかった。男が最も手軽に、ひとときの熱情や夢を与えてくれたというだけ。

だから、次々に取り換えていかなきゃならない。一人の男では、長持ちしない。すぐ燃料切れになる。あっという間にお腹いっぱい、あっという間にまた飢える。

一か月が、瞬く間に過ぎた。何度かホテルに行った男友達と会う約束をして、輝磨は同じく休日で今日は一日家にいるという仲間に預け、街に出た。

客ではない男。金でつながらない男。だけど、つないでいるのは愛でもない。

男は妻子持ちなので泊まれず、先に帰っていった。なんだか、やっぱり何かが足りないな、一人で飲み行こうかな、とまだ慣れない繁華街をふらついているとき。

シャッターの降りた銀行の前に、なつかしい人を見つけた。これが二度目の出会いだ。

「えっ、嘘。黒井……ミサさんよね」

季節はすっかり夏になっていたが、ミサは黒いセーラー服を着ていた。あのときと違い、暑いでしょうといいたくなる格好だが、ミサは汗ひとつかいてない。

「私も、覚えてますよ。有里さんでしょ」

いつ名前を名乗ったかな。そこのところは曖昧《あいまい》だったが、近づいた。

「あのときの占いね、当たったんだかはずれたんだか、まだわかんない」

「その後の行動によって、占いの結果は変わっていきますよ」

ミサはあのときのように、白い布をかけた机の下から水晶玉を取りだす。パイプ椅子も引きずりだし、向かい合わせに有里は座る。

目まいがする、既視感。季節は違うが、最初のときと今のこの空気、場面、会話、あらゆるものが混ざり合う。今は真冬で、初めて会ったミサに魔術をかけられ、長い夢を見させられていたのではないか。

あのときから自分はまったくこの場を動いておらず、実は現実には何事も起こってなくて、時間が止まったままなのではないかと錯覚した。

それはない。輝磨はあれから大きくなった。赤ちゃんの成長は激しく、早い。

じっと、真正面から見据《みす》えられた。吸い込まれそうな瞳、という形容があるが、ミサはそれとは少し違う。引きずり込まれそうな瞳、だ。

あ、このミサって人は死んでる。唐突にまた、有里は奇妙な感覚に襲われる。

目の前のミサは、生きている。しかし一度死んで生き返った、もしくは確かな死をのぞいてから戻ってきた目をしていた。

そんな目を、他で見たことはなかった。ミサの暗黒だけを映し取ったような瞳から目を逸《そ》らし、あわててバッグを開けた。

「先に払うわ。悪い結果が出たからと、後で値切るのも嫌だし」

あのときよりは、たくさんお金を持っている。なんといっても有里も、前払いで受け取る仕事をしていた。残念ながら、後でとなると逃げる客、難癖つけて値切る客もいるのだ。

少し迷って、五千円を置く。有里が所属する風俗店の、一番安い三十分コースの値段だ。ちなみに、女の子と店の取り分は半々。あんなことまでして、千円単位じゃきついなぁとため息は出る。

この占い師にも、場所代だの用心棒料だの上納金だの、見料から半分以上を持っていく何者かが後ろにいるんだろうか。それは悪い人間か、もっと怖い黒い存在か。

「いいえ、私を操れるのは魔界の大悪魔だけ。人間界にはいませんね、そんなの」

ときおりミサは、口に出さない考えや言葉を読み取っている。やはり、死に近い女だ。エコエコ……、ああ、あの呪文。また聞いてしまった。

「お姉さんは相変わらず戦う女でもなく、守る女でもない。逃げる女ですね」

水晶玉に、何が映っているのだろう。有里には、ぼんやりと透明な表面しか見えない。

「これからも逃げるのかな」

「そうですね。あなたを追ってくる男がいるから」

「えっ、私なんかを追う男がいるんだ」

真夏なのに、確かに寒気がした。ミサの歪《ゆが》んだ笑顔が、水晶玉に映った。

「あなたが追ってはだめよ。あなたは逃げた方がいい女なの」

追ってくる男。それは私に恋をする素敵な男ではない、とはいわれなくても直感した。

※

有里が輝磨を連れて風俗店の寮に入ってから、この母と息子はとても狭い小さな世界に生きてきた。

一応は職場と収入と住処《すみか》があるものの、すべてが不安定で不確かで、二人が寄る辺なき身の上なのはどうしようもなかった。

有里はできるだけ何も考えないようにし、店に出た。タイプ、好みというのは様々だが、だいたい客はこういう店では今どきの普通っぽい子、というのを気に入る。風俗店にいる時点で普通の素人ではないのだが、そこのところは客は深く追及してこない。

有里は、普通っぽさで人気となった。指名でナンバー3にまでは入れないが、常に上位にいた。

それは有里を支えもしたし、虚《むな》しくもさせた。

ひそかに有里は、もっと稼げる高級店に面接に行ったりもしていた。しかしソフトなサービスの店は、ことごとく落とされるのだ。

「ごめんね、君はちょっと、うちには合わないんだ」

「うちなんかより、もっとあなたにとっていい店がありますよ」

まるで、お見合いを断るときの文句みたいだ。何度もいわれるうちに、どこかが麻痺《まひ》してくる。

本当に、もっと素敵な居場所があるような気がしてくる。

現実には、もっとランクの落ちる店に行けということだ。この店は、そこそこ人気のAV女優や元芸能人といった、男達が会えるだけで満足できるような女達がいて、有里なんかの居場所はないとはっきりいわれているのだ。

ハードなサービスが売りの高級店は、女の子の入れ替わりが激しいので採用はしてもらえるが、講習だけで有里は怖気《おじけ》づいて逃げだすのだ。

となれば、今いる店に居続ける方が楽といえば楽だった。私って思ってるほど可愛くないのかな。私はもう商品価値はないのかな。いろんなことに蓋をして見ないふりをして、黙々と店と寮のアパートを往復した。

休日には馴染《なじ》み客や昔の男友達と近所周りで食事したりカラオケなども行くが、だいたいは男の部屋か路地裏の安いラブホテルで過ごす。

男達は、有里に金や手間をかけたくないのだ。かける必要も意味もないと、男達は思っていた。

彼らからすれば、ちょっと優しくすればほいほいついてきて、無料でやらせてくれる女でしかない。

有里は、彼らを恋愛の相手、私を好きな男達と思っているが、無料の風俗嬢として見られているのだ。実は有里本人も、それには気づいていた。気づかないふりをするのは相手への思いやりや遠慮や割り切りではなく、ひたすら自分を救うためだった。

彼らのSNSを見れば、彼女や妻が登場し、人気のデートスポットでのツーショットを何枚も挙げ、お互いの友達や家族を交えて河原でバーベキューだの海水浴だの遊園地だのに行っている。

その相手である彼女達のSNSをたどれば、彼からの誕生日プレゼントとして高価なバッグをもらい、結婚記念日の祝いとして有里など一度も連れて行ってもらったこともない有名ホテルのバーでシャンパングラスを合わせている。

見て見ぬふりをするしかない。ここで、

「どうして私にはしてくれないの。なんで私には買ってくれないの」

なんて責めたりわめいたりすれば、めんどくさい女として連絡を断たれてしまう。

ましてや、彼女と別れてだの奥さんにいってやるだの、そんなことをいったらどうなるか。きっと、絶対にいわれたくない言葉を投げつけられる。

みじめだな。それは、思う。都合いい女だな。それは、わかりきっていることだ、お互いに。でも、彼らに去られたら有里は誰からも求められなくなってしまう。

それに、モテていると錯覚でも嘘でもすがるものがなければ、生きていけない。

輝磨の世界は、もっと閉ざされている。ワンルームからほとんど出ることはない。会うのも母親だけ。たまに同じ寮の女達と遊んだり預けられたりするが、同じアパート内の別の部屋に移動するだけだ。

まだ片言のママ、まんま、くらいしかしゃべれず、もう一緒に暮らしていた祖父母や若すぎる叔父の顔も声も忘れているだろう。ましてや、父親など覚えているはずがない。

「あなたには、輝磨ちゃんがいるじゃない」

と周りの女達はいう。輝磨にとっては、自分は間違いなくこの世でただ一人の頼れる人だ。でも、逆はどうだろう。

輝磨が可愛いのは本当だけれど、邪魔だなと思っているのも現実だ。

「赤ちゃんて、寝ているだけで良い子といってもらえるんだよね～」

新生児の頃、三時間おきに起きて泣く息子にへとへとになり、たまにぐっすり寝てくれるとそれだけでうれしかった。今はちゃんと長く寝てくれる。

それは有里が輝磨を部屋に閉じ込めて仕事に行き、休日の同僚に放りっぱなしにして男に会いに行くから、そのとき輝磨は母を恋しがってずっと泣いている。有里がいるときは安心するというより、泣き疲れて寝ているのだ。

ふと、有里はあのミサという占い師を思い出す。魔女だとも名乗った。輝磨に魔法をかけてもらえないだろうか。

輝磨がずっと大人しく眠っていて、身動きもしない。何も食べずおもらしもせず、泣きもしない。ただただ、可愛い寝顔でいる。

「それって、死んでいる子じゃない」

不意に、どこからかミサの声が聞こえた気がした。

ミサは、占いのためにいる場所を決めていないといっていた。だから、そこに行けば必ず会える場所というのはない、と。

「有里さんが、どうしても見てほしいと願ったら会えますよ」

ミサに会いたくもあり、会うのが怖くもあった。この前は、追ってくる男が現れるといわれた。あなたが追ってはいけない、とも。

はっきりとはいわなかったが、あまりいい縁ではないとほのめかしていた。

それでもいい。追ってくれる男が欲しい。もう逃げるのも疲れた。輝磨はずっと、いい子で眠っていてほしい。

そうして客としてやってきた宇佐間和人《うさまかずと》を初めて見たとき、ああ、ついに来たと泣き笑いの顔になった。

「なに、にやついてんだよ」

「えっと、うれしいからです」

ミサに予言された男だ。間違いない。避けた方がいい男。逃げた方がいい男。でも、逃げられない。そして、たぶん自分が追うことになる男。

有里と五歳の差なのに、前の夫に比べればひどく大人びて見えた。

後からわかる。それは響一が幼稚すぎたこともあるが、和人も変な世知《せち》にだけは長《た》けていて、かっこつけで小ずるいだけだった。

世の中の森羅万象《しんらばんしょう》あらゆることを知っているふうに振る舞うが、それは知っているのではなく、知っているふりがうまいだけだ。

いや、ふりだって実はうまくもない。和人のあらゆる面における浅さは世間の普通の人には見透《みす》かされ、見抜かれ、苦笑、失笑、冷笑で済まされる。

世間知らずの、そして恋をしている有里だけが信じ込み、だまされる。

それでも和人はフリーの客からいつも指名してくれる常連客となり、直引《じかび》きと呼ばれる店を介さないデートもするようになり、金銭のやり取りなしに会うようになった。

有里からすればついに恋人に昇格だが、和人からすればしめしめ風俗嬢が無料になった、というだけだ。お互いに、その勘違いが続けばミサの占いも微妙な結果を招き、とりあえず外れてめでたしめでたしとなっただろう。

しかし和人は間違いなく、有里が今まで出会ったことのない、付き合ったことのない種類の男だった。向こうも、

「君みたいなド庶民の出の、金がかからない女と付き合うのは初めて」

とはっきりいった。意図的に有里を傷つけようとしたのではなく、ぼくって本当は君みたいな安い女と付き合うような男じゃないんだ、という尊大ではなくいじけた自尊心と上から目線というやつだった。

さげすまれて、はいそんなあなたに付き合っていただけてありがたく存じます、と返せるほど有

里は卑屈でもないが、すでに彼を逃したくない態勢に入っていた。

嘘でも冗談でもなく和人の父親は有里でさえ知っていた有名企業の重役で、母親はこれまた有里でもわかる有名航空会社の国際線客室乗務員だった。

「パパは、あの女優を愛人にしていた時期があるんだよ。ママは某国の王妃が来日したとき、機内でつきっきりでお世話したんだ」

いまだに親をパパママと呼んでいることすら、お坊ちゃまの証《あかし》と思えた。

都内の一等地にある豪邸で育ち、同世代の人の給料分を小遣いでもらっていた。

だが、甘やかされてはいても屈託《くったく》のない好青年ではなかった。自分が金持ちのお坊ちゃまであるのは自慢や優越感にもしていたが、優秀で容姿も良い兄と常に比べられ、劣等感と疎外感にまみれてもいた。

「特に、ママのえこひいきがすごかった」

そこのところは格好もつけず、憎々しげに寂しげに有里にいう。性別も違うし、特に有里は弟と比べられてつらかった、差別された、という記憶がない。

「パパはまだ公平な方。ママは露骨。ぼくの宝物はぼくに断りなくバンバン捨てるのに、兄ちゃんの物はガラクタでもゴミでも大事にとってあるし、ぼくが捨てたら兄ちゃんじゃなくママが怒り狂う」

彼一人を単体で見ればそんなひどい容姿ではないけれど、写真で見せられた長身の俳優みたいな兄に比べれば、小太りで小柄で地味な顔の彼は確かに見劣りはした。もちろん、そんなことはっきり本人にはいえない。

さすがにあなたの方がイケメンとはいえないものの、

「でも、和人さんの方が私はタイプだわ」

といっておいた。嘘はついてない。和人の兄こそ、絶対に有里が出会うはずのない男だった。同じく名門の出の、高学歴で美人のお嬢様と婚約中だそうだ。

「ヤな女だよ。ぼくのこと、あからさまに見下しやがって」

和人が卒業したのは、有里などどうやっても行けない大学だったが、彼の兄が卒業した大学に比べれば知名度も偏差値もかなり落ちる。

兄は父親が重役を務める一流企業に就職したが、弟の和人は数段落ちる系列の中小企業に入ってすぐ辞めて、でもぶらぶらしていると親がうるさいからとカフェでバイトしていた。テレビ局の近くにあって、

「芸能人やマスコミ関係者がよく来る」

と、自慢になるのかどうか微妙な自慢をしていた。ちなみに、有里はその店に行くのを禁じられていた。

「風俗嬢と付き合ってるなんて、やっぱスキャンダルじゃん」

ここまでバカにされても、有里は作り笑顔で和人に必死に従った。自分でも、その気持ちがよくわからなかった。

初めて彼をこっそり寮の部屋に招いたとき、すでに息子がいるのは教えていたから、へぇほんと

にいたんだ、と唇をゆがめる笑いをされた。

初めて店で会った日、なんでこの仕事をしているか聞かれ、

「一人で息子を育てるため」

と答えていた。和人に向かって言葉にしてしまうと、本当にそんな気が強くしてきて涙ぐみながら、芝居がかった調子で、

「息子は私の命、私のすべて」

なんていってしまった。そのときは本当に、そう思った。心から。

「ふうん、いいお母さんなんだ」

あまり気乗りしない感じで和人はいい、おざなりに輝磨の頭を撫《な》でたりした。輝磨は泣きもぐずりもせず、ただじっと二人の大人ではない大人を見上げていた。

最初のうちは和人も、輝磨を可愛いといってくれた。君んちの犬は可愛いね、くらいのものだったとしても、三人で写真を撮ってシールにしたり、和人が輝磨を抱いてファミレスに行ったりもした。

それは傍目《はため》には普通の幸せな親子、夫婦に見えただろう。もともと輝磨は育ち方のせいもあるが、人見知りはしない子だった。

もしその場面を有里の親や弟が見れば、輝磨が無邪気に和人になつくというより、なんとなく母のことを慮《おもんぱか》って可愛いしぐさを演じているようにも見えたはずだ。

「パパ」

和人を、すんなりそう呼んだ。意外にも、和人からパパですよ～、と輝磨に教えた。

これに、有里は舞い上がった。でも、うかつに調子には乗れなかった。飼い犬や猫をうちの子という人は多いし、風俗仲間には自分を姫と呼ばせるのも何人かいた。客にも、王子だの社長だの先生だのと呼ばせるのもいた。

犬猫は子じゃないし、彼ら彼女らも本物の姫や社長ではない。パパという呼び方にも、期待や油断はできなかった。

すべてに従順なつもり、機嫌を取っているつもり、愛されようと努めているつもりでも、ときおり、いや、しょっちゅう有里は間違う。

優秀なお兄さんと比べない、定職に就いてないことをどうこういわない、それらは気をつけているつもりだった。

彼は暴力こそ振るわないが、いったん不機嫌になるとどんよりと天気まで悪く感じられるほど暗くなり、ぴりぴりした空気を漂わす。

和人の逆鱗《げきりん》、地雷、それが思いがけないところにあったりするのだ。たとえば、

「あいつ金ない金ないってうるさいから、おごってやったんだよ。そしたら女を勝手に呼んで、その子の分も払わせやがった。

その女がまた図々《ずうずう》しくて、それ包んで～持って帰る～、なんてテイクアウトまでしてさ、それも払わせたんだ。信じられないよな」

などと愚痴るから、一緒に憤慨してやった上に、

「和人さんは優しいしお金持ちだから、利用されちゃうのね」

などと、誉《ほ》める要素まで入れて気持ちを合わせたつもりだったのに。たちまち和人は驚くほど顔色を変え、執拗《しつよう》につっかかってきた。

「利用ってなんだよ、利用って。ぼく、誰かに利用されたことなんかない。ぼくが可哀想に思って、自分の意志であいつらにおごってやったんだ」

利用された、だまされた、いいように軽く扱われた、このようなことをちらっとでもいえば、和人は激昂《げっこう》する。つまり和人は、自分が被害者や弱者の立場に置かれるのを激しく屈辱と感じるのだ。自分は金持ちの子でエリートの坊ちゃんで、いつだって愚民《ぐみん》達の上に立って搾取《さくしゅ》する側にいなければならないのだった。実際はそうでないからこそ、いきり立つのだが。

「ごめんね、そうよね、和人さんはみんなに頼られてる」

有里は、身の程知らず、分相応、釣り合いという言葉や考えをみずから噛みしめたのではなく、和人にいつも念押しされ調教されていた。

素直に犬みたいに、疑問など挟まず反抗もせず、従った。愛嬌《あいきょう》をふりまき、ひっくり返っておなかを見せ、尻尾を振っておけば餌をくれ、頭を撫でてくれた。

だから本当に、有里は和人に多くのことを望んだり求めたりはしなかった。

和人が正式に有里と結婚して息子も籍に入れてくれ、華やかな結婚式を挙げて豪邸に迎え入れ、華麗なる一族の一員に加えてくれるなど、ちらっと夢見たことすらない。

無神経と無邪気のすれすれなところで彼は、店でも部屋でもデート中でも、

「君といるところを、誰か知り合いに見られたら困るだろ」

「とてもじゃないけど、君は親には紹介できない。親はショック死する。その前にぼく、勘当されちゃうよ。絶縁だよ」

といったことを、ものすごい正論として突きつけてくる。遠慮や忖度《そんたく》はなく、堂々と素晴らしい正義と理想のスピーチをしているかのような顔と態度で。

あるとき有里は、急速に言葉を覚えだした輝磨に、

「ママは有里、パパは和人だよ」

といったら、和人が顔色を変えてやめろ、と怒鳴った。

「パパはパパだよ。それ以外、名前はないよ。なぁ輝磨。パパだよ、パパ」

彼の方から積極的に輝磨にパパと呼ばせたのも、本名を呼ばれたくない、本名を覚えられたくないからだと、ようやく有里も気づいた。

気づいた自分を責めた。気づかないでいる方が幸せなこと、だまされたままでいる方が楽しいことはたくさんある。死ぬまで嘘をつき続けてもらえたら、それはもはや愛だ。

そんな和人だが、有里とは違う種類の劣等感や弱点に苛《さいな》まれてもいた。

なんといっても、自分より金持ちの子や高学歴のお嬢様にはなかなか近づけず、銀座の高級クラブだの、モデルやタレントも在籍する六本木の人気キャバだのには行けない。有里が面接で落とされた、AV女優や元芸能人がいる風俗店も避けている。

お金の問題もさることながら、女にバカにされたくない、女にバカにされる、という警戒と恐れ

が強すぎるせいだ。

だから場末の、有里みたいな訳あり、シングルの子持ち、いろんな意味で高級店には採用されない女達のいる店に来たがる。

常に自分が優位に立て、絶対的に勝てる場所と相手。だから有里は和人に選ばれた。愛されたのではなく。

一度だって、有里は親に紹介しろだの結婚してだの、いった覚えはない。他の女と会うなとも、私達付き合ってるんだよね、とも。

和人が定職に就かず親に小遣いをもらっていることも、説教などできる立場ではなかった。当初、風俗嬢としての有里には、和人の払う金は親の金でも盗んだ金でも、なんでもよかった。払ってくれさえすればよかった。

店に来なくなって部屋やホテルで会うようになっても、彼は料金の代わりに食事代や遊び代は出してくれた。息子におもちゃも持ってきてくれた。

それだけでうれしかったし、満たされた。ただこのように、ゆるゆるといつまでも関係が続けばいいと願っただけだ。

けれど、時間はきっちりと無常に無情に進んでいく。二人の先に、共通の未来はない。和人は常に、有里をいつ切るか考えている。有里はいつも、和人にいつ去られるか怯《おび》えている。輝磨だけが、健全に時を進めていた。

定期的に通知が来る、乳児健診。幼児健診。有里は毎回、仕事を休んで連れていった。

「いい子ですね〜。おお、賢いな」

誉められているのは、息子。でも、有里がうれしかった。息子自身は身長に体重に言葉にと、すべて自分が平均的に成長しているとは知らないし、自慢にもしない。

相変わらず保育園は高いから、仕事に出るときは息子は部屋に置いていく。

赤ちゃんの頃は泣き疲れると寝てくれたし、起きてもそんな大騒ぎはしなかった。

いつの間にか有里がいないとなると窓やドアを叩《たた》いて泣きわめき、うっかり鍵を忘れて出たら廊下に出ていたりした。もうちょっとで、外に出るところだったと連れ帰ってくれた休みの嬢に怒られたし心配してもらった。

「おい、あいつ黙らせろ」

赤ちゃんは寝てさえいれば、いい子といわれる。もはや輝磨は赤ちゃんではない。

「そんな無理いわないで」

和人と裸で抱き合っているときも輝磨は起きて泣きわめき、仕事で疲れて帰って来てもぐずって寝つかない。つい、手を上げてしまうときもあった。

なぜかキライという言葉を覚え、和人が来るとパパではなくキライキライと叫ぶ。

「こいつさえいなきゃ、お前と一緒に暮らしたい気持ちもあるのに」

性行為を中断させられた腹立ちまぎれであっても、本当に息子を心から邪魔者と思って本音が出たにしても、ひどいいい方には違いない。

なのに有里は、それにすがってしまった。ついに有里は、逃げる女から追う女になってしまったのだ。

それは輝磨をますます置き去りにすることを意味していた。そして、ミサの不吉な予言を的中させることにもつながっていた。

和人さんは私と本気なの。結婚する気がなくはないの。

馬鹿すぎる。自分が。酷すぎる。和人が。可哀想すぎる。息子が。

……あの日のことを、本当に有里はちゃんと覚えていない。

ひどく暑い夜だった。殺気すら感じる湿気。粘《ねば》つく汗が、自分達だけでなく世界を覆っていた。

じっとしているだけで、血が濁っていくようだ。

「死ね、いいから、死ね」

合法すれすれ、いや、たぶん非合法に分類される薬だ。和人が持ってきて、酒と合わせて飲んだ。

どちらもかなりの量を。

「死ぬわ。私も死ぬわ」

そのまま性行為にもつれ込み、壁に映る影は人ではなく獣だった。

熱情の後は不毛な喧嘩になり、ついに今までがまんしていたあれこれをわめき、初めて頬《ほお》を叩かれて泣き叫び、彼もひどい言葉で有里を罵《ののし》った。

悪魔の呪文みたいだった。口にした方も投げつけられた方も、黒い腐った汁にまみれた。

ああ、彼も普段はずけずけいいたい放題に見えて、実はけっこうこれはいっちゃいけないと遠慮もしていたんだなと、変な感心もしてしまうくらいの罵倒《ばとう》をされた。

「エコエコアザラク」

なにそれ。突如、自分の口から出た謎の呪文。あの魔女が唱えていた気もする。

何もかもが激しい激情の中で揺さぶられ、エコエコアザラクと絶叫した。隣家の人達にうるさいと怒鳴られて怒鳴り返し、息子が激しく泣いた。

それから……それから……地獄を見た。生きたまま、見てしまった。

「あーあ」

気の抜けた声は、和人だった。

「どうすんだよ」

まったくの、他人事として響く声。けれど、彼にとっても他人事とは突き放せないのだ。彼がやったかどうかは本当に有里は覚えてないが、彼が出ていかず保身に走ろうとしている様子を見れば、やっぱり彼がやったのかな、とも思う。

ぼんやり、乱雑な部屋の真ん中で全裸のまま座り込んでいた有里は、蟬《せみ》の鳴き声で頭の芯が痺《しび》れた。

すでに、陽は高く昇っていた。古い大きなエアコンから吐きだされる冷気は、生臭い空気をかきまわした。魔女の煮る薬草の鍋を、ふと連想する。

昨夜は確かに、サバトと呼ばれる悪魔崇拝の夜会が開かれた。この部屋で。赤ちゃんの生贄《いけにえ》だって、捧げられた。

部屋の隅に、その残骸がある。白目をむいて、壊れた人形みたいに不自然な格好で仰向《あおむ》けになっている輝磨。息をしていない。だって、悪魔に捧げたから。

「どうしよう」

和人が力任せに壁に頭から投げつけたのか、何か激しくいい合いになって興奮しきった有里が首を絞めあげたのか。

「どうしようもないだろ」

もしかしたら残っていた薬物を、輝磨がお菓子と思って食べてしまったとか。

そのあたりは夢か幻か現実か、もやもやと混ざり合っている。昨夜、ミサが部屋の真ん中に来ていたような気もする。ミサも裸で、踊っていた。

夢や幻が消えた後、はっきり現実として目の前に横たわっていたのは冷たくなった、もう笑いもせずキライとも泣かない息子の死体だった。

「うちって、母方の方が金持ちなんだよね」

確かに彼は薄笑いを浮かべ、面倒くさそうにのろのろと服を着ながらそんなことをいった。有里は涙も出ず、身じろぎもしなかった。

「母方のじいさんの土地、いっぱいあの辺にある」

時間の流れ、感覚がむちゃくちゃにもつれ合い、混ざり合い、停滞もしていた。

「ちょうどいいもん、捨ててあったよ。買いに行くまでもなかった」

和人が、近くのゴミ集積所からくたびれた大きなスポーツバッグを拾ってきた。その間、有里はバスタオルに包んだ輝磨を抱いていた。びっくりするほど輝磨は冷たく固くなっていた。すでに生臭さがあった。

そのスポーツバッグに、輝磨を入れた。すっぽり、入った。ごめんね、とか、許して、とか、そういう言葉を口にしたら自分がバラバラに壊れそうで、

「エコエコアザラク」

あの呪文を唱えた。和人の耳には、届かなかったようだ。

「早く、そこ行こうよ」

これ以上、固くなったり臭くなったりする輝磨を想像するのは怖かった。できるだけ可愛いうちに、別れたかった。

夢のようだ。自分が動いているのを、もう一人の自分が見ている。自分なのに自分じゃない。どっちが、本当に自分なのか。

スポーツバッグをぶら下げるのではなく、抱いたまま外に出た。あまりのまぶしさ明るさに、自分が生きていることも空恐ろしさを感じる。バッグの中には、死んでしまった息子。魔女が願いを叶えてくれた。

「この子、ずっといい子に寝てる」

二人とも車の免許を持ってないので、タクシーに乗るしかなかった。運転手は何も疑うことなく陽気に、暑いですねぇと話しかけてきた。

和人はへらへらと、どこのビヤガーデンがいいか、みたいな会話をしている。有里は冷たいスポーツバッグを抱く。

中から、息子のではない声がする。エコエコアザラク。

和人の母方の祖父が所有しているという郊外の場所までは一時間近くかかったので、タクシー運転手も機嫌がよかった。途中、和人がホームセンターを見つけて一人で降り、スコップや軍手など買って戻ってきた。

その間、有里は父親くらいの歳の運転手と他愛ない世間話をかわしたはずだ。途中で運転手はミサの声を出した。

「さぁ、いよいよ有里さんが逃げる女から追う女になるわ」

確かに、膝の上でスポーツバッグが動いた。抱きしめ、無言で震える。運転手が運転手の声で、冷房ききすぎですか、と聞く。

「いえ、大丈夫」

凍えてしゃべれない有里の代わりに、バッグの中から有里の声色を使う何者かが答えた。

初めて行った、そして二度と行くことのない郊外の見知らぬ広い場所。墓地があって空き地があって、何を育てているかわからない畑があった。

途方もなく、空が広いと感じた。あちらの世にもつながっている空。すでに輝磨は、そっちに渡っている。バッグの中にあるのは、抜け殻。

どこからどこまでが彼の祖父の所有地か知らないが、コンクリートやアスファルトではない、スコップで掘れる場所となると畑しかない。何も作物がない、乾ききった畑。

「顔、見たくない。このままでいい」

まだ、おむつは取れてなかった輝磨。夜は絶対におねしょをした息子。死んだらもう、おねしょもしないし、おむつも要らない。

なんの慈悲か罪滅ぼしか、和人はスコップや軍手と一緒にミニカーを買っていた。どういうおまじないのつもりか、パトカーだ。

「捕まりませんように」

和人は真顔でそういうと、スポーツバッグを有里からもぎ取り、ジッパーを少し開けてパトカーを入れた。熱気の中、確かな腐臭が立ちあがった。

有里は、ついに涙をこぼさなかった。恨み事も何もいわなかった。和人が土を掘り返して息子の入ったスポーツバッグを埋めるのを、真っ黒な影と一体化しながら見ていた。和人の影には、尖《とが》った角と尻尾が生えていた。

泣いたりわめいたりすれば、彼に捨てられるのではなく、息子が生き返るかもしれない。その想像が、何より怖かった。生き返った息子は、絶対に可愛い輝磨ではない。得体の知れないものに変容しているはずだ。

そんなふうにしたのは、この男。私はこの男のために、息子を生贄にまでした。だから追ってやる。私から逃げようとしたら、この男をどこまでも追っかけて行く。

※

その日から有里と和人は、心は離れているのに絆《きずな》は強固になった。お互いまったく信頼してないのに、かけがえのない相手になった。

「逃がさないわ」

有里は和人と違い、利用されただの被害者だの、弱者の立場に置かれてもそう見られても、いきりたって否定はしない。

「だから私も、もう逃げない」

都合のいい女、便利な女だったと自覚もしているし、だからこんなことでも男にとって唯一無二の女になれたことに、いいようのない高ぶりも感じていた。

息子の死を、隠し通さなければならない。輝磨の死を、他の誰にも知られてはならない。ましてや、母親が殺したかもしれないなどと、絶対に認めたくない。

あの夜は薬物と酒とでおかしくなっていたのもあるが、ミサも参加したサバトが開かれていたと思えてならない。輝磨は生贄にされた。でも、なんの。まさか私のために。私が男に捨てられないために。

しかしそれは有里だけが思っていることで、和人はミサを知らないし、ただ二人で錯乱したとしか考えてない。

そもそも、輝磨を死なせたのがどちらなのか曖昧なのだ。二人とも、自分かもしれないと恐れている。二人とも、相手の方がやったと信じたい。

だが相手がやったとして警察に行っても、自分だって捕まる。主犯ではなくても共犯だ。自分は見ていただけといい張っても、犯行を通報せず隠蔽《いんぺい》したことと、ともに死体を埋めに行ったことからは逃れられない。

自分が無事でいるためには、相手をかばってやらなければならない。これをなんとかして、相手への愛として処理できないものか。

有里は息子を失った悲しみ、子どもを手にかけてしまった怖さよりも、今の自分の生活と和人を失うことを恐れた。今、和人を失ったらどうなる。輝磨を殺してまで和人を取ったことになるのだ。逃せば、輝磨の死も無駄になる。

「このままの状態が、ずっと続きますように」

口にして祈るのは、ただそれだけ。和人はまったくあれから何事もなかったかのように、平然としている。あまりにも変わりないので、もしかしてあれは夢だったのかと迷うほどだ。ただ、輝磨がいないことで現実なのだと知る。

いや、たまに気配は感じる。眠りかけ、起きるとき、夢うつつのとき、ひどく酔っているとき、輝磨の笑い声や足音を聞き、柔らかな頬にも触れられる。

「あ〜、元気にしてるよ。うん、お盆には帰る」

たまにある、親からの電話。今度帰る。輝磨は元気。嘘とごまかし。なのに電話の向こうの親は、明るく答える。

「ああ、輝磨の声が聞こえたわ。元気に走り回ってるね」

もしかして、ミサの黒魔術でたまに輝磨はよみがえるのだろうか。そんなこと、親にもいえない。

でも、親に輝磨は元気だと伝えると、本当に部屋にいる気がする。

「ママ」

冷たく硬直した輝磨ではない、温かくて柔らかな輝磨が耳元にささやく。

「殺したのは、ママ」

親はなんとか、ごまかせる。響一やその親に、まったくといっていいほど輝磨への関心がないことは、この際ありがたかった。

地元の友達とはほぼ切れているし、店の同僚達も入れ替わりが激しく、訳ありの人ばかりだから、他人の家のことは詮索《せんさく》しないのが礼儀だ。

実家に預けている、親戚の家に引き取られた、それで事足りた。輝磨がいなくなったことは、大ごとにはなっていない。

ついに店を辞め、寮を出た。和人に保証人になってもらい、もちろん彼が親から引っ張ってきて保証金なども払ってもらい、都内のワンルームマンションに引っ越した。

まったく、近所付き合いをしなくていい環境だ。自分のことを知る人も一人もおらず、身軽になった有里は、もっと稼げる本番ありの風俗店に移った。

もはや自分がソフトなサービスの高級店に採用されるとは最初から思ってないので、とことん割りきって稼ごうと覚悟もできた。稼いでも、貯金はできない。ほとんど和人に吸いあげられる。でも、稼がなきゃ捨てられる。

「ぼくの薔薇色《ばらいろ》の人生、有里にかなり邪魔されてるんだよなぁ。ぺんぺん草の人生になりそうっていうか。薔薇にするための肥料が必要」

あっという間に、和人は親ではなく有里に金をくれというようになった。親にも見栄《みえ》を張っているのだ。テレビ局で番組作りを任されただの、有名芸能人のマネージャーみたいなこともさせられているだの。

格好を付けるための金は、有里から出ている。完全にヒモ、いや、脅迫者だ。

「はい、肥料。赤い薔薇を咲かせてね。つぼみのまま、切らないように」

嫌味《いやみ》とともに、お金を渡す。相変わらず定職には就いてないが、和人はいつの間にか変なマルチ商売に手を出したり、金持ちとお高い女が来る合コンやパーティーにも顔を出すようになっていた。同級生やバイト仲間にほとんど詐欺といっていい投資話を持ちかけて揉めたり、有里のやる肥料は薔薇ではなく周りの毒草と雑草ばかりをはびこらせていた。

まさか、人を殺したことで度胸がついたのか、死体を埋めたことで自信がついたのか。

とはいえ、警察の手は迫って来なくても、世間はじわじわと追い詰めに来る。

一歳半の健診、二歳の健診、各種の予防接種、などなどの通知はすべて即座に捨てていたが、保健所や役場から確認の電話がかかるようになった。

具合が悪い、親元に預けた、そのときどきで切り抜けたつもりだ。

そんな言い訳をしていると、本当に息子は順調に大きくなっていて、親元に行けば会える気がした。幽霊なんかじゃない。息子はいる。いないけど、いる。

和人とは、だらだらとゆるゆると続いた。数えてみれば、あれからもう五年以上が過ぎていた。

本来なら輝磨は来年、小学校に入る歳になる。

死んだ子の歳を数える。虚《むな》しいことの譬《たと》えだ。世間の一部が、死んだ子の歳を数えてくれる。小学校に上がるのに、健康診断が必要。お宅の子は長らく定期健診も受けていない。ぜひ一度、家庭訪問をさせていただきたい。

行政からの催促は、ますます増えていく。年に一度は、引っ越しをした。そのたび、勤める風俗店も変えた。都内には、いくらでも店はある。こちらが贅沢をいわない限り、まだまだ有里に勤め先はある。ただし、夜に花開く場所に限られるが。

派遣型の店にも勤めた。男の待つホテルや自宅に出向く。安手の怪談、ありふれた都市伝説、よくあるホラーのように、

「あれっ、後ろに子どもがいるように見えた」

などといわれる。どの男も、一歳か二歳くらい、という。あの世に行けば成長しないのだなと、怖さを通り越して息子がいじらしくなる。でも、

「やだ、子どもなんか連れてくるわけないでしょ。第一、私は子どもなんかいないし」

と、笑い話に持っていくしかない。小学生くらいの子がいた。そういわれたら有里だって、本気で怖い。死んだ子が成長するなんて。いや、それはもはや我が子であって我が子ではない、別の何者かだろう。

和人とは、住居や店が変わってもつながり続けていた。その間、輝磨の話は一切しなかった。でもやっぱり、暑い日に飲んだりしていると、あの日のことが思い出される。

「別れるんじゃなくて、ちょっと距離を置きましょ」

「あの世とこの世くらいの距離か」

冗談なのか本気なのかもわからなかったが、この世とあの世の距離ってとても近いのか、果てしなく遠いのか、ふと迷った。

「ごめん、やっぱり距離は置けないわ」

「死ぬときも一緒だよ、なぁんていってほしいか」

そんな会話が五年も続いている。有里は金を渡し続けた。口止め料なのか、ただ彼をつなぎとめたかったのか。有里自身にももうわからなくなっていたが、出し続けていると止められなくなる。

元を取りたい、返してほしいではなく、嫌な性癖みたいになってくる。

その頃、立て続けにといっていいほど幼い子どもが家庭内で殺される事件が起こった。

それぞれの家庭にそれぞれの悲劇があるものの、ほとんどシングルマザーの連れ子が義父もしくは母の交際相手に虐待されるという形態だった。

これは、有里の場合にも当てはまる。男社会の底辺を自覚させられている男は、女子どものいる密室でみじめな暴君になるしかない。

そして男でしくじった女は、男でしくじりを取り戻そうとする。

たまたま和人と見ていたテレビでそんなニュースが流れると、あわててリモコンを取って別のチャンネルに替えたりせず、二人ともそのまま流す。

「この母親、けっこう美人じゃん。もっと稼げる男のとこに行けるのにな」

「この義父ってのも子どもいじめる体力あるなら、会社にも行けって話よね」

嫌な空間を埋めるために、嫌味の意図はない嫌味をいい合う。

ただ、有里達は相手や親もごまかせても、このご時世に手強《てごわ》いのは行政だった。ついに担当者から、有里の親元にも何度も電話がかかるようになった。親も心配し、輝磨に会わせろ、そっちに出向くといい出す。

「あなたのお子さんは、どちらの親戚に預けておられるんですか。そちらの住所と連絡先を教えてください。あなたが都合が悪いなら、そちらにうかがいます」

「有里、可愛い孫にもう何年会わせてもらってない。写真くらい、送ってくれ」

いっそ、殺しました、埋めましたと叫びたくなる。

そういう追い詰められ方をしているとき、和人の浮気、いや、そのいい方は厚かましいか。別の女ができたのも知る。

認めるのはつらいが、和人としてはそちらが本命で、有里がむしろ浮気の相手、黒すぎる腐れ縁だった。和人が有里から離れるのは、もう時間の問題を通り越して秒読みに入っているのは、ひしひしと感じた。

「女がいる。女の影が見える」

有里はまるで、占い師のようなことをつぶやく。占い師は自分を占えないという。有里は占い師ではない。だけど、わかる。恋をしているからじゃない。

和人があまりにも無防備に、女がいる雰囲気を醸し出す。隠す気がないというより、早く有里に知ってほしいんじゃないかというほど、あからさまだ。

聞こえよがしではないものの、ベランダに出て女と電話している。狭い部屋なのだから、ほとんど筒抜けだ。私って共犯者ですらない、ATMなのかな。有里は自嘲《じちょう》する。そりゃATMに気は遣わないよね、と苦笑するしか今の自分を救えない。

あまりにもくだらない見栄を張り、子どもじみた嘘をついているのが耳に入ると、電話の向こうの女にひそかな同情の念すらわく。

「ぼくって翻訳家もやっててさぁ、東京オリンピックの仕事いっぱい任されて大変だよ～。ほら、レストランの注文タブレットあるじゃん。各テーブルに置いてあるあれね。あの英語メニュー全部、ぼくが作ってんの」

なぜこんなバカでくだらない男に執着するか。子どもまで殺してしまったからだ。殺しておいて別れたら、輝磨にも申し訳が立たないという気持ちにもなってくる。

「えっ、あのタブレット使いにくいか。そりゃごめん。今度、レストランのオーナーを叱っておくよ。あ、ごめんね、フランスの大使からパーティーのお誘いが入った」

和人が寝ている間にスマホから履歴をたどり、ついにその女を突き止めた。

有里を打ちのめしたのは、山崎千亜希《やまざきちあき》という彼女の顔と経歴だ。

地方のかなりの資産家の令嬢で、そういうお嬢さんばかりが揃う都内名門女子大に通い、親が買ってくれた一等地の高級マンションに暮らし、アナウンサーを目指しているのが高望みではなく当然のような華のある美人だったことだ。

ＳＮＳのフォロワーもちょっとした芸能人並みで、有名人も来るパーティーに海外高級リゾート地のバカンスに銀座の寿司店《すしてん》にと、挙げている画像もすべてきらめきがまぶしすぎる、有里にとっては別世界の人だった。

お坊ちゃんだけれど劣等感にまみれ、いじけていた和人が、いつのまにこんな女と付き合えるようになっていたのか。

千亜希のＳＮＳには、ちゃっかり和人が恋人のように寄り添う写真が何枚もある。有里が渡した、いや、絞り取られた金がこのお嬢様とのデートに使われているのだ。

そもそも親が金持ちなんだから、親にもらえばいいのに。私が心を削って、身を粉《こ》にして、息子まで捧げて作った金をこの男は他の女に使って平然とするどころか、もらってやっている、使ってやっている、くらいにせせら笑っている。

あまりの衝撃と屈辱に、その場にうずくまってしまう。しばらく、身動きできなかった。荒い鼓動と呼吸の中、不意に黒井ミサを思い出した。

そういえば、長らくあの魔女に会ってない。有里の中ではもう、占い師ではなく魔女だ。会おうとして会える人ではないが、会おうとしなくても会ってしまった女。

衝動的に、家を飛びだしていた。何も持たず、街にさまよい出た。

千亜希に連絡してみようか。かなり迷った。やれば絶対に、切られるのは有里だ。金づるを失うことになっても、共犯者を怒らせることになっても、和人は千亜希を取るだろう。

そこで有里は、甘い希望や夢は見られず、自惚《うぬぼ》れることもできない。

「今度こそ、あなたのいうことをみんな信じるわ」

とことん複雑な迷路の彼方《かなた》にでもなく、黒井ミサは現れた。繁華街の外れの、ラブホテル密集地。よく仕事をする辺りだが、一度も入ったことのない路地裏にミサはいた。

驚くほど、何も変わってなかった。黒いセーラー服も白い顔も、小さな机と水晶玉も。ミサこそ、時を止めた死者のようでもあった。

行き止まりの、古びたコンクリートブロックの塀。向こうにはこの街に似つかわしいとも違和感があるともいえる、これまた古いラブホテルというより連れ込み旅館といった方がいい、すっかり廃墟《はいきょ》と化した建物があった。

何度か、噂で聞いた。ネットの書き込みも見た。その廃墟は何度も殺人事件があり、持ち主も不明になって取り壊すこともできないでいると。

ブロック塀を背に座り、ミサは微笑んだ。ふと、ミサの後ろにほの白い女達の亡霊がうごめくのも見えた。お仲間、先輩。そんな言葉が浮かぶ。

「そろそろ来る頃だと、待ってました」

「あなたがいうとおり、逃げる女から追う女になって……今は生き地獄にいる女よ」

ミサは表情を変えず、二人の間に置かれた水晶玉の表面をそっと撫でた。

「あっ。飛びだしてきたから、お金を持ってないわ」

「今回だけは、特別です」

ミサは、白く透き通るような手のひらをひらひらさせた。見たことはないけれど、あの世に咲いている花みたいだった。

「何度か見たら、一度だけサービスで無料になるんですよ。さぁ、じっと見つめてください。あなたが見えてきますから」

有里は水晶玉を食いいるように見つめ、またあのなつかしい呪文が聞こえてきた。エコエコアザラク……水晶玉に、霧のようなものがかかる。

霧は不吉な暗い影に変わり、その中から黒い人影がいくつか現れた。ああ、いる。自分がいる。これから自分はどうなるのか。

知りたい。知りたくない。でも、もう結果は出ているのだ。

※

「私、知ってるよ。山崎千亜希って」

有里の部屋で、まずは有里から低い声で切りだした。一瞬、和人もひるんだ。何か言葉を呑み込み、目を泳がせた。そして、開き直った。

「千亜希とは本気だ。親に紹介もした。親はとても喜んだ」

脚本を棒読みしているようだった。かなり前から、用意していた言葉なのだろう。有里は、自分でも驚くような悲鳴と罵声とがほとばしった。

「あんたは一家のできそこないの、お荷物のくせに」

たちまち、和人が悪鬼の表情に変わる。凶暴な力がみなぎり始めている。

「お前こそ底辺のゴミだろ。千亜希は違う。お前なんかとは比べ物にならない、比べたら罰が当たる。千亜希はぼくに相応《ふさわ》しい女だ」

有里は、悪鬼というより幽鬼の顔になっている。すでに心は死に、恨みと憎しみだけで現世にとどまり、さまよい、追い詰めている。

「全部、ぶちまけてやる」

エコエコアザラクよりも、破滅の呪文。

「あの子を殺して埋めたことを、これから警察に自首しに行くわ。あんたのことも、洗いざらい全部ぶちまけるからね」

息を整えながら、もう悲鳴ではない声を絞り出す。

「あの子の供養もしたい」

エコエコアザラクよりも、終焉《しゅうえん》の呪文。

「あの子は、私を恋しがって泣いている。あの子は今、独りぼっちで暗闇にいる」

初めて有里は強烈な罪悪感、喪失感、息子への申し訳なさ、何よりも恋しさいとしさで狂乱し、号泣した。

「お前が殺したくせに」

和人は、青ざめながらも突き放しに来る。有里は思わず、つかみかかっていた。

「そうよ。地獄に堕《お》ちるわ。でも、あんたも道連れよ」

和人は有里の手を払いのけ、怒鳴りつけた。

「地獄は一人で堕ちろ」

いうなり、強く胸を突かれた。有里は尻もちをつき、そのまま叫ぶ。

「あんたも連れて行く。逃がさない」

「そこに息子はいない」

まるで地獄の閻魔《えんま》大王みたいな響きを持っていた、和人のどす黒い言葉。

ちらちらと、闇の中に息子が見えた。順調に大きくなっていますといわれ続けた息子が、死んだときからちっとも変わらない、いじらしい姿でいる。

輝磨は、パトカーのおもちゃを持っている。和人がなんの気まぐれか供養なのか悪い冗談か、一緒に埋めたものだ。

「輝磨。ママだよ。こっち向いて」

必死に話しかけても手を差し伸べても、虚空《こくう》しかつかめない。息子はまったくこっちを見ようともしない。母を許したのではなく、忘れているのだ。

「あの子に会って謝って、抱きしめたい」

それは殺してくれ、私もあちらに行かせてと和人に哀願したことになったのか。息子の小さな手の代わりに、和人の凶暴な手が有里の首にかかった。

人は死ぬとき、走馬灯のようにこれまでの人生のあらゆる場面を見る。有里も、そんな話を聞いたことがあった。

本当だ。のほほんと楽しかった、子ども時代。前の夫との、それなりに楽しさもあった日々。息子を生んだ日。和人と出会った頃。様々な過去が、和人に首を絞められている間に次々に浮かんでは流れ去った。

そして、暗黒。どんな光も届かない、黄泉《よみ》の闇。

息絶えた有里は、目を見開いたまま仰向けになっている。しばらくぼうっと魂の抜けたような顔で、和人は膝を抱えて座り込んでいた。

どれくらい、そうしていただろう。確か首を絞めたときは西日が強かったと記憶しているが、すでに窓の向こうは宵闇に沈んでいる。やがてのろのろと和人は立ちあがり、有里を見降ろした。

「死んでる」

ぼそっと、つぶやいた。殺した、ではなく。

しかし和人は、有里の死体を輝磨のときのように迅速には始末しなかった。いや、できなかったというべきか。

スポーツバッグにすっぽり全身が入って、片手で持ち運びができる幼児とは違う。有里はどちらかといえば小柄な方だったが、成人した人を運んだり捨てたり埋めたりは、かなりの体力と手間がかかる。

とりあえずうまい方法が見つかるまで、隠しておこう。なんなら、当分の間はこの部屋に置いておくという手もある。

和人は有里の部屋の押し入れにあった毛布やバスタオルなどで有里の全身を包み、布団袋に押し込んだ。まだ死後硬直は進んでおらず、死体はぐんにゃりと柔らかかった。断末魔で漏らした排泄《はいせつ》物《ぶつ》の臭いが、強く鼻をついた。

それは死者の臭いなのに、さっきまで生きていた有里そのものの臭いも混ざっていた。

急速に体温は失われていき、眼球は濁ってくる。それは彼に、哀惜や罪悪感や恐怖ではなく、ただ生々しい現実だけを突きつけてきた。

押し入れに突っ込んで戸を閉めると、それだけで激しく疲労しているのに気づく。冷蔵庫から、ペットボトルのジュースを取りだす。これも有里の遺品なんだな、ふと思う。明日からここは、死者の家だ。

有里への怒り、面倒くささ、そしてなけなしの情みたいなもの、あらゆる感情がぼんやりと死体の眼球みたいに濁ってくる。

「めんどくっせー女」

押し入れの戸に向かって、吐き捨てる。和人はとにかく、この面倒なものをいかに始末し、なかったことにして、何食わぬ顔で千亜希との新生活を送るかを考えた。

千亜希を親と兄に会わせたとき、初めて親が大いに誉めてくれ、兄が悔しそうな表情を隠さなかった。非の打ちどころのない才色兼備、しかも金持ちのお嬢様。

アナウンサー志望だが、親が手広くやっている農園があり、いずれ和人さんに継いでもらいたいともいっています、と微笑んだ。

「よく、和人なんかで妥協しましたねぇ」

兄の嫌味が、初めてうれしかった。千亜希も、明朗でしっかりした態度と口調ながらも初々しい恥じらいや育ちの良さから来る遠慮もし、満点の受け答えをしてみせた。

だが、千亜希だって多少の、いや、結構な計算高さもあった。出会ったときから和人は千亜希に、親の交友関係にテレビ局ラジオ局、大手芸能事務所の幹部がいるのを吹いていた。まるっきり嘘ではないが、相当に盛ってもいる。

「どのテレビ局でも、うちの親のコネを使えば大丈夫」

そのささやきに、千亜希は頬を薔薇色に染めた。和人にとっては、千亜希を妻にすれば薔薇色の人生だ。その薔薇色のためには、暗黒の色の有里は消しておかなければ。

有里がちゃんとした家庭のある堅い会社のOLではなく、家出同然に出てきて住まいを転々としている、夫や子どものいない風俗嬢だったのも、この場合は幸いだった。

家族や会社から失踪したと騒がれることもなく、突然の失踪や無断欠勤も風俗嬢にはつきものだ。有里の親が探すかもしれないが、警察も事件としては捜査しないだろう。

和人との仲を知る人はいるが、別れた、その後は知らない、で済む。

「あっ、そうだ。やっぱぼくって頭いい〜」

突如、和人は素《す》っ頓狂《とんきょう》な声をあげた。死体を完璧に安全な場所に遺棄《いき》できる日まで、自分がこの部屋の家賃を払い続けるのだ。

放っておけば家賃滞納で退去の処分が取られ、管理会社などがここに立ち入ることが考えられる。家賃をしばらく払えば、死体の隠し場所になる。

有里は家賃を通帳の自動引き落としではなく、キャッシュカードから大家に振り込んでいた。暗証番号は知っている。和人の誕生日の数字だと聞いた。それで心が痛んだり、感傷的になることはない。わかりやすくてありがたい、これだけだ。

有里のスマホから自分の履歴や画像をすべて消去し、置いていた服や靴も持ち帰ることにする。指紋も気になったので、ざっと家具や床もタオルで拭いておいた。

黙々と隠滅の作業をしていると、自分がやったのは犯罪ではなくまさに作業、と思えてくる。鼻歌すら出てきた。好きな歌を歌っているはずなのに、

「エコエコアザラク」

という妙な言葉が喉から出てきた。なんで覚えたのか、なんの曲なのかわからなかった。あいつが歌ってたのかもな。

ちらっと、押し入れを見た。そこからも低く歌うような声が聞こえた気がした。

しかし、和人の見通しはいろいろと甘かった。翌日、何か手抜かりがないか、これが見つかったらまずいというものがないか、念を入れるために有里の部屋に行ったら、部屋に入るなりかなりの腐敗臭が鼻をついたのだ。

和人は、足がすくんだ。死んだくせに有里の存在感が生々しく、憎々しく、圧迫してきたのだ。死んだ女に追われている気分も、吐き気を増幅させた。

確かに、これからますます暑くなる季節の中にあった。今からこれじゃ、もう数日経てば隣近所にも臭いは漂い始めるだろう。となると、発生源はどこだと探される。すぐにどの部屋かわかり、

臭いの元も見つかる。

とりあえず、ここには置いておけない。といって、今すぐ一人で運びだして例の畑に埋めるのも、かなり難しい。

パニックに陥りかけたとき、和人は千亜希に電話していた。

千亜希との未来が大事なはずなのに、千亜希を共犯者に仕立て上げる。自分の人生のトロフィーたる千亜希に、最悪な秘密を明け渡す。

いや、違う。とことんしらばっくれて、でも手伝わせる。千亜希以外に、重大な秘密を守ってくれそうな人が見当たらない。

親には、とてもいえない。ずっと、親をがっかりさせてきた。ずっと、兄と比べられてきた。やっと、見直してもらえそうなのに。

何より千亜希が大事でありながら、千亜希に悪事の片棒を担がせることは、和人の中では矛盾しない。妻になるんだから、夫を助けて当然なのだ。

千亜希は、すぐに自分の車で来てくれた。

「とにかく車で来てくれ、理由は後から説明する」

切羽つまった様子の和人のために、千亜希はみずから走ってきたかのように息を切らせていた。

部屋に来る前、一階の管理人に台車を借りてきてくれ、とも頼んでおいたので、開けたドアの向こうにはちゃんと置いてあった。

「これ、虎なんだ」

玄関先に置いてある、臭いのきつい大きな布団袋。千亜希は危うく、悲鳴をあげかけた。しかも、虎ときた。何もかもが千亜希には、足が震えることだった。

「意味わかんないんだけど」

「ぼく、今はテレビ局に出入りしてるっていっただろ」

まったくの嘘ではない。バイト先のカフェから、出前を届けたりもしている。千亜希には、あたかもディレクター職であるかのように振る舞っていたが。

「ぼくのこと可愛がってくれてるプロデューサーが、うっかり撮影で使った虎を死なせちゃった」

いったいどこからこんな作り話が出てきたのか、自分でもわからない。それでも、和人は真剣な表情で熱弁を振るう。

「これ、いろいろ公にできないんだよな。そもそも虎自体が密輸だし。だから、始末を頼まれた。ほら、俺んち土地持ちだから」

「ねぇ、本当に……虎なの」

玄関先に立ち尽くしたまま、真っ白な顔で千亜希はいった。

「虎でなかったら、なんだよ」

いくらなんでもこの場で、人の死体、とは千亜希もいえない。間違った答えだからではなく、正解だからだ。

ハンカチで口と鼻を覆い、千亜希は吐き気をこらえていた。

「じゃあ、前の恋人だった生形和貴子《うぶかたわきこ》に頼むよ」

その美人の人気女優は、バイト先のカフェで一回接客しただけだ。あちらは和人のことなど、完全に記憶から消去しているだろう。

「わかったわ」

千亜希ももう、いろいろとここまで来て引き返せない思いもあった。台車に、有里の押し込まれた布団袋が乗せられ、外に運びだされた。

和人が担ぎ上げ、トランクに入れる。

「この後、輝磨ちゃんとはちょっと離れた場所に連れて行かれているわね。そこも、和人さんの母方のお祖父《じい》さんの土地みたい」

殺人事件が何件もあったラブホテルの廃墟と、繁華街にあるとは思えない寂しい路地裏、そして古びたコンクリートの塀。黒井ミサは傍からは、たった一人で水晶玉を見ながらぶつぶつとつぶやいているように見えるだろう。

「有里さんは、墓地の片隅に埋められたのね。千亜希さんの運転でそこまで行って、でも埋めるのは手伝わせてないわ」

だが水晶玉にはぼんやりと、死んだ女の顔が映っている。

「有里さん、あなたはもう死んでいるの。和人さんに殺された後、私のところに来たの。死者からは、見料は取らないわ」

ミサには、見えている。今ミサの前には有里がいて、水晶玉に映る自分の死とその後を見させられているのだ。

ときおり、ラブホテルで殺された女達ものぞき込みに来ている。

「とことん所在不明児童を探し当てたかった役場は、長らく健診にも小学校の入学式にも来なかった輝磨くんのことを所轄の警察に届けて、警察は有里さんの親元に捜索願を出すよう頼んだのね。そして警察の捜査は、和人さんにたどり着いた。なかなかしぶとくて、死体遺棄だけ認めて、頑として殺人は認めない。輝磨くんのことも、知らないといい張ってる」

有里の腐汁《ふじゅう》が垂れたマンションのエレベーターが臭くて住民が困り、防犯カメラに残されていた異臭の元を運んでいた和人と女子大生が特定された。

女子大生も可愛い顔に似合わないふてぶてしさで、虎だと思ったといい張っている。

「あの世とこの世は、時の流れが違うの。あの世に行きさえすれば輝磨くんとすぐに会え、飛びついてくると思ったのね」

生前は親子でも、ともに黄泉の国に渡っても、居場所が違えば会えないままだ。

「もうすぐ、輝磨くんも見つけてもらえるわ」

小さな骨まですっかり溶けて歯だけになっていた輝磨は、これだけは妙に真新しいまま残っていたパトカーのおもちゃと一緒に一か月後に掘りだされることとなる。

「あるときふっと、水晶玉にパトカーのおもちゃが映ったの。これはなんなんだろうな、と占いの店を出しているとき考えてたら、有里さん、あなたが通りかかったの」

一瞬、水晶玉に有里の顔が大きく映り込む。それからふっと消え、月面にも似た表面には、ミサの笑顔だけが広がる。

さまよう夫婦

「親譲りの才能ある同士で結びついた」

「ともに立派な親を持つ、子どもと子どもが一緒になった」

充秀《みつひで》と亜寿子《あずこ》は世間からそういわれたかったかといえば、何か違う。

「才能ある同士」

親抜きで、それはいわれたかったかもしれない。でも、それはいわれない。

「ともに立派な親」

これは二人とも、うんざりするほどいわれた。自慢、誇りにした時期もあるが、引け目に感じた時間の方が長い。そもそも世間から二人は、

「残念な子ども同士」

「七光はあっても生かせなかったダメ二世」

そんないわれ方をされていた。さすがに面と向かってはいわれないが、陰口も耳に入る。亜寿子の場合、姉達とも比べられた。

「お姉さん二人は親の七光がなくても、才色兼備でうらやましい」

一人っ子で、比べられる優秀な兄弟がいない充秀はその点が気楽だったかといえば、もちろん別種の苦しみはある。たった一人の後継者、跡取りがこれでは、

「才能の遺伝子が絶える」

といったいわれ方をするわけだ。そんな二人を結びつけたのは、親を抜きにしても互いに魅力と好ましい美点があったのはもちろんだが。

「ぼくは、黒井《くろい》さんと呼んでた」

「私は、ミサちゃんと呼んでた」

どちらからともなくいい出して、瞬時に知ってる、と手を取り合ってしまったある人物の記憶も重要なものだった。

「黒井さんは、家族みんなが診《み》てもらってた近所の小さな医院があって、そこにいた看護師なんだよ」

「うちにはいつも家政婦さん、お手伝いさんが何人かいたんだけど、ミサちゃんはその一人だったわ。いつもは、お祖父《じい》ちゃんちにいたんだけど」

充秀は黒井さんの下の名前を覚えておらず、亜寿子はミサちゃんの名字がどうしても思い出せなかった。

そうして二人とも、彼女の写真は持っていない。それでも二人で彼女の話をしていると、黒井さんとミサちゃんは同一人物としか思えないのだった。

「黒井さんは肩の辺りまである黒髪で、前髪もおろしてたかな。色白で華奢《きゃしゃ》で、ちょっと不吉な感

じのするきれいな人だった」

「もう、充秀さんがいうその黒井さんの外見が、ミサちゃんとぴったり重なるの。優しくてにこにこしてるんだけど、なんともいえない影があった」

「こんな感じだよね」

充秀は手近な紙にボールペンでさらさらと黒井さんを描いてみせる。

不本意ながら、なのか、義務として、なのか、ともあれ幼い頃から絵は習わされた。だから、絵の基礎勉強だけはできている。

「嘘《うそ》っ、てほど似てる。ていうか、すごいわ、うまい。すごい、さすがお父様の血を引く……といっていいのかしら」

「いいんだよ」

充秀は初めて、父と絡めて誉《ほ》められて心底からうれしくなった、と感じた。

「黒井さんは、自分を魔女だとかいってた」

「ミサちゃんもいってた。私は信じたわ」

充秀の描いた黒井さん、もしくはミサちゃんは、黒いセーラー服を着て憂いに満ちた顔をしている。唇は、微笑《ほほえ》む形になっているのに。

「でもね、親も親戚達も、そもそもそんな小さな病院を知らないっていうんだ。親の古くからの友達が継いでる大病院にしか行ってないって」

二人の間にある、絵の中の黒井さん、もしくはミサちゃん。黒い瞳が充秀とも亜寿子とも視線を合わせ、何かを語りかけてくる。

「確かにぼくは、その大病院も覚えてる。って、今も何かあるとその病院には世話になってるし。でも、黒井さんがいた医院も隅々まで覚えているんだよ」

巨大な、薬草や獣を煮ていた鍋。乗り物だといっていた、ささくれたほうき。血の色をしていた丸薬に輝く粉薬。動きまわる骸骨。やはり、夢なのか。

「そもそもぼく、小学生の頃の記憶がすっぽり抜けてる時期があるんだ。写真はあるよ。親と一緒に映ってるテレビの録画もある。

入院してたのかなぁ。でも、そこは大病院でもなく医院でもない。親は、入院はしてたっていうけど」

「うちの親も、家政婦さんお手伝いさんはベテランの四十以上の人しか雇わなかったといい張るの。そんな若い子は絶対にいなかったって。

姉さん達も、ミサちゃんを覚えてない、というより、それは亜寿子の勘違い、って相手にしてくれない。私も、いろいろ記憶が抜けてる時期があるわ」

その不可解さもまた、共通点なのだ。さらに、不思議な記憶は絡み合う。

「ぼくは小さい頃は体が弱くて、しょっちゅうその医院に預けられてるみたいになってたんだ。眠り続けてたから、その記憶が途切れるのかな。

一番世話をしてくれたのが、黒井さん。その医院には、他にどんな人がいたかはあんまり覚えてない。医者も、他の看護師や患者も。みんなぼんやりした影法師」

「家でも学校でもどこでも独りぼっちだった私も、ミサちゃんがいればまとわりついてた。ミサちゃんが一番好きな家族だった」

「黒井さんは白衣を着る前と脱いだ後、セーラー服を着てたんだよね。黒井さんは高校生で、ここはバイトなんだな、ってぼんやり感じてたけど。考えてみたら、高校生がバイトで看護師なんかできるわけないいんだよね」

「それ、それなのよ。うちのミサちゃんも、セーラー服の上にエプロンつけてた」

「黒い色の、だよね」

「そうよ。夏物の半袖の白じゃない。長袖の黒よ。私も親にミサちゃんのことといったら、何かの漫画かドラマを現実のことと勘違いしてるって鼻で笑われるの。セーラー服の子にうちの家政婦が務まりますか、って」

「黒井さんはタロットカードや水晶玉を持ってて、占いが得意だった。何を占ってもらったかは忘れたけど、当たってるとびっくりした」

「それよ、それ。不思議な呪文を教えてくれたわ。エコエコアザラク」

「やっぱり。エコエコアザラクだ。ぼくもそれ、覚えてる。やっぱり黒井さんとミサちゃんは同じ人だ」

充秀と亜寿子は同い年だから、ともに小学生の頃に高校生くらいの黒井さん、ミサちゃんに会っていることになる。

二人揃《そろ》って黒井さんとミサちゃんの記憶は、小学校のある時期にしかない。中学生になってからは、まったく黒井さんとミサちゃんは記憶から消え去る。

「今頃はそれこそ、四十過ぎたベテランの看護師か家政婦になってんのかなぁ」

「私達の中では、永遠にセーラー服の美少女なんだけどね」

「それだよ。今会っても、黒井さんはあのまんまな気がする」

「そうね。いまだにセーラー服を着てると思う」

充秀の黒井さんと亜寿子のミサちゃんは、いつしか二人の中で黒井ミサという一人の奇妙にしてなつかしい、そして美しい女の子になり、二人の記憶も混ざり合っていった。

充秀の記憶の中に、いたはずのない亜寿子がいる。亜寿子の思い出の中に、出会っていなかった頃の充秀が現れる。

「黒井さんが、ぼくらを結び付けてくれたともいえるね」

「いつか、二人でミサちゃんに再会したいな」

でも亜寿子は、ミサちゃんの悪夢は見ないといった。

「そうだよ。二人で探しに行こう」

「えっ、二人で」

二人の記憶が、混ざり合う。黒井さん、ミサちゃんが持っていた水晶玉の中に、二人の姿が映っていた。手を取り合い、素敵な迷宮に出かける二人。

「変なプロポーズだね、ごめん。でも、亜寿子と未来をともにしたいよ」

「ありがとう。すごくうれしい。結婚式にも、ミサちゃんに来てほしいわ」

「ていうかさ、前にもいったけどぼくらもきっと、ずっと昔にも会ってたんだ」

「会ってた。それ、私も思った」

二人の記憶が、溶け合う。黒井さん、ミサちゃんがまたがっていたほうきに、二人がぶらさがって空を飛んでいる。振り落とされたら、どこに落ちるか。怖くはない。

「以前どこかでお会いしませんでしたか。それって陳腐な口説き、よくあるナンパの声かけだけど。ぼくは亜寿子を初めて見たとき、本当に前にも会ったと直感したよ」

「実は私も、いい出そうとしてためらってた。変な口説き文句みたいでしょ。でも間違いない。それで昔、私達が会ったときそばにミサちゃんがいたんだと思うの」

そうして二人は、ともに旅立った。充秀の黒井さんと亜寿子のミサちゃんを探しに、いや、黒井ミサという一人のなつかしい女性に会うために。

充秀は、描いた黒井さんもしくはミサちゃんの絵を、亜寿子にプレゼントした。

「お父様の絵はとても手が出ないほど、高価だけど。息子さんのあなたのこれは、プレゼントとしていただけるのね。なんて私、得をしちゃったのかしら」

「ぼくの絵は、価値がないもん」

「そんなことない、です。これは今から、私の宝物です」

亜寿子は大事に、そのメモ用紙に描かれたミサちゃんの絵を自分のバッグの中の化粧ポーチにしまい込む。エコエコアザラク。中から、かすかなミサちゃんの声がした。

※

充秀の父は有名美大を卒業し、今は母校の教授も務めている。画家としても人気があるし、なんといっても昭和の正統派美男俳優といった風情の容姿だったので、テレビやＣＭにまで出て美人女優や人気アイドルともいろいろ浮名を流した。

息子である充秀は知っているが、そのほとんどが事実だ。だから、父は尊敬するし軽蔑の対象でもあった。

充秀の母は、そのたびに泣いたり傷ついたり情緒不安定になったりしたけれど、離婚するつもりはまったくなかった。夫を責めることすらしなかった。母からすれば、悪いのはみんな相手の女なのだった。

「パパはだまされているだけ」

だまされているのはママだよ。なんていったら、どんなことになるか。可哀想《かわいそう》だからではなく、怖いから充秀は黙っていた。

「パパが愛しているのは、ママだけ」

母本人も繰り返し、充秀もいわされた。そんな親は美大生の頃からの付き合いで、一度も就職せずに父の夫人となった母は、父と別れたら生きていけない。それは経済的な理由も、まったくないとはいえない。

母もそこそこ裕福な家の娘だが、祖父母はもう亡くなっており、家督《かとく》は母の弟が継いでいる。弟の奥さんとは折り合いが悪く、今さらそこにも頼れない。

何より充秀の母は悲しいほどに愚かなほどに、いっそ崇高なほどに、今もって父に惚《ほ》れきっていた。ひとり息子も可愛《かわい》がりはしたが、熱量が違った。

「ママは、パパに生かされてるの」

充秀は早いうちから、わかっていた。夫か息子かとなれば、母はためらわず夫を取ると。しかし父は、一番大事でもっとも愛しているのは自分自身だ。妻でも息子でもない。だから充秀にとって母はいじらしいし、哀れだ。

「ぼくはママを好きだよ」

怖いけど。

そんな充秀は、親の期待にはあまり、いや、まるで応えられなかった。子どもの頃から美術系にまるで興味がなく、といって他にやりたいこともない。勉強もあまりできないし、とりあえず受けた大学は全滅だった。

「パパに似なかったわねぇ。でもいいの。似てても、パパには敵《かな》いっこないんだから」

美術の予備校に入って、父の母校を目指すとしておいた。けれどどうにも絵を描くことに情熱は持てず、描くふりだけだった。

誰よりも充秀自身が、芸術的才能のなさはわかっていた。母に、父ほど愛してはもらえないことも。

「パパに似たいとも思わないよ、ママ」

これは、いつもひとりごとだ。

今は父親の教室の手伝いや、父の絵を扱う画廊で受付、事務などしている。一応、職業は画家としてある。通信制の美大で、卒業証書ももらっていた。

亜寿子は似た境遇だったといえばそうだが、別の生き辛さをも負わされていた。

彼女の場合、父親は大企業の重役であるとしても、いってみれば一般人だ。しかし母親が、充秀の父と同等の有名人だった。

亜寿子の母は名門女子大在学中に世界的ミスコンテストで日本代表となり、鳴り物入りで女優になった。最初から大作映画の主演に絞り、国際的な映画祭で賞をいくつももらった。だから露出はさほど多くない。というより、滅多《めった》にテレビには出ない。

亜寿子の母は早めに富裕なエリートと結婚し、一度引退して娘ばかり三人を生んだ。復帰後も、仕事は大作の主演か、準主役級でなければ受けない。

テレビドラマでコミカルな役など演じないし、バラエティ番組でプライベートを切り売りするようなトークもしない。公式ブログやインスタなどは事務所が美しく生活感のないものに仕上げ、緻密に作り込み、神秘性と希少性を高めた。

姉二人も、世間で知られている。長姉《ちょうし》は世界的大富豪の華僑《かきょう》と結婚してシンガポールで暮らし、その日本人離れなんだか浮世離れなんだか、とにかく豪奢《ごうしゃ》な生活ぶりで、インスタなどのフォロワー数は、並みの人気芸能人以上だ。

さらに、母親そっくりといわれる華やかな美貌は世の女性の憧れの的だ。ちなみにヨーロッパの血も受け継ぐ夫もハリウッド俳優かというほどの超イケメン。二人が並ぶと、それだけで絵になる。対照的に次姉《じし》は、最難関とされる大学の院に進んで、ノーベル賞が狙えるのでないかというほどの医学の研究に没頭している。こちらはいっさい、有名女優の娘としても華やかな長姉の妹としても表には顔を出さない。

それゆえに奥ゆかしく賢いとこちらも憧れられ、お母さんやお姉さんに比べたら地味かもしれないけど、タイプの違う美女だと評判だ。

学生時代や現在のプライベート写真が何枚か流出しているが、確かに気品漂うお雛様《ひなさま》のような和風美人だ。正式な結婚はしてないが、これまた色男としても高名な学者のパートナーがいるのも知られている。

世間の多くは、あの女優の娘は二人だと思っている。Ｗｉｋｉｐｅｄｉａなどには娘が三人とあるが、二人の間違いだろうと見過ごされる。

存在を消されたも同然なのが、亜寿子だ。

勉強も運動も苦手、ひたすら大人しく内気で人見知り。どうにか近所の庶民的な短大を出た後は、父親の親戚が経営する中小企業に勤めた。

あの女優の娘だとは知られているが、目立たない地味な大人しい存在だ。

父はすべての娘を平等に可愛がり、母も亜寿子だけを差別するといったことはしない。姉達も、意地悪などしない。可愛いけどちょっとおバカな子犬を可愛がるように、みんなは亜寿子を可愛がってくれた。

「いいのよ、亜寿子ちゃんは。我が家の素敵なおまけ」

ずいぶんひどいいい草だが、亜寿子は気弱な笑いでそれを愛の言葉として受け入れた。

充秀も亜寿子を、小動物めいた可愛らしさがあり、バラに添えられるカスミソウみたいに控えめな清楚《せいそ》さといじらしさがある容姿と見ているが、

「お姉さん二人が栄養分をすべて吸い取った残り滓《かす》、っていわれるの」

本人はこんなふうに自嘲《じちょう》する。子どもの頃から学校で、

「本当にあの女優の子なの」

「お姉さん達とはお父さんが違うの」

「お母さんは義理の母なの」

などと、嫌味《いやみ》や意地悪ではなく真面目に真顔で聞かれ続けたという。

「私、それだけじゃなく、ある時期から自分は本当に生きているのかな、って、いつも不安と不安定さを抱えてこの世を漂ってきたようなの」

「ここにいるよ、亜寿子は。間違いなく、いる」

「今は、充秀さんに会うために生き返った気がしてる」

充秀は、容姿はコンプレックスになっていない。父にそっくりだといわれるし、そこそこいつでも女の子にはモテた。無駄に美男、意味のないイケメン、といった冗談や嫌味もよく投げかけられる。

「顔を削って、画才が増えればいいのにね」
というのは、母にもいわれた。それはママもでしょう。とは、いい返せない。充秀の母も美しい
し有名美大に入れるほどの才能もあったが、どちらもそれで生計を立てられるほどにはならなかっ
た。
母としては、父と出会って奥さんになって子どもを生めただけで、美人に生まれたことと美大に
行ったことは意味があったのだ。それ以上のものは、望んでいない。ただ、その愛の望みが強すぎ
て、他を呑み込んでしまうだけで。
「充秀は、悪いことをしてパパの名誉を損なわないでくれたら。もうそれだけでいいわ。土台、パ
パに勝てっこないんだし」
ともあれ、そんな二人が出会ったのは、充秀の父の個展だった。父が、
「こちらはあの女優さんのお嬢さんだ」
と控え室に連れてきたのだ。亜寿子の母と充秀の父が最近どこぞのパーティーで出会い、すぐ招
待状を渡したという。
亜寿子の母は来られなくなったが、代わりに三女がご挨拶にとやってきたのだった。
その話にはちょっと、いや、大いに嘘がある。というのは、充秀はわかっているが黙っていた。
否定しても皮肉をいっても、なんにもならない。
充秀の父と亜寿子の母は、かなり昔にその仲を噂《うわさ》されていた。
充秀が小学生、まさに黒井さんに世話になっていた頃だ。週刊誌などにも書かれ、今も検索する

と当時の噂話は出てくる。

とうに時効を過ぎた感覚でいるかもしれないが、個展に来たとなれば母が嫉妬と怒りを蒸し返すだろう。

娘なら仕方ない、しかも地味な末っ子なら、となるだろう。

母は、亜寿子の母と夫との噂は当時から信じていなかった、といえばいえる。主演映画の宣伝を狙ってわざとスキャンダルを作って流した。という父や父の取り巻きの言い訳を母は信じた。信じるしかなかった。

「パパのすべては、私、私のすべては、パパよ」

受付などを手伝わされていた充秀は、そつなく愛想をしたつもりだ。亜寿子は可哀想なほど、おどおどしていた。

「母の代わりに、こんな華のない代理ですみません」

自分の母と充秀の父の若き日のスキャンダル、ではなくロマンスを冗談めかして話したら、なんとなくそれは知っているというだけだった。

「嘘でしょう。ミサちゃんも、それは嘘といってたわ」

ミサちゃん。つい口を滑らせるような感じで、亜寿子はその名前を口にした。

「私はただ、本当にあなたのお父様の絵が好きよ」

正直、息子である充秀は父の絵の良さがよくわからない。破綻《はたん》のない、ただもうきれいきれいな絵だな、何も残らないし何も引っかからない、つまんないとまではいわないが、強い衝撃、深い感動、濃い印象といったものからは遠い。

それは画壇でも、よくいわれることだ。しかし父は、奇をてらった作品や過激なアートとされるものに否定的だった。

「誰が見ても、ああ美しいなぁと思えるものが素晴らしい芸術だ」

なんとなく、亜寿子の母と同じだなと感じた。ただもう、亜寿子の母はその美貌で銀幕に映える女優で、演技力はあまり取り沙汰されない。

「ぼくが一目惚《ひとめぼ》れしたんだよ」

その画家の息子と女優の娘は、いるだけで美しい、それでいい、という存在ではなかったのに、そのような存在として扱われた。

「そんなのいわれたの、初めて。私がいわれたことに驚くというより、そんなこと本当にいう人がいるんだな、って驚いてる」

スキャンダル、いや、ロマンスにはそれ以上はふれず、父の絵についてあたり障りのない話を少しして、なんとなく流れでラインの交換をして、この後ちょっと軽く一杯、といつになく充秀は積極的だった。

「君に会うために、ぼくは生きてきた」

シンプルに陳腐な口説き文句を使ったら、亜寿子は今度は素直に泣いた。

「がっかりされることに慣れてて、選ばれることに慣れてないの」

「間違いなく、ぼくは選んだよ」

急接近した二人は、画廊を抜け出して街に出た。軽く食事しながらいろいろな話をするうちに、奇妙な記憶の共有に気づいたのだった。

「黒猫やカラスが、本当に黒井さんのいうことを聞いてたんだよ。もっと得体の知れない黒い大きな獣も、操っていた」

「それよ、私はミサちゃんが、犬や猫としゃべっているのを見たわ」

二人は、これも確信した。きっと二人して黒井さんとミサちゃんに会えると。でも、探しに行かなければいけない。

座して待っていて、彼女が来ることはない。二人には、魔法は使えない。魔法を教えてもらった気もするけれど。

「勢いのあるうちに実行に移そうよ。ぼくら、お金はないけど暇はある」

「愛もある、っていってよ」

愛はさておき、二人に金はなくても二人の親にはあった。今頃になって黒井さんとミサちゃんの魔法だかおまじないだかが効いてきたのか、

「世界一周の旅、これしかないよ」

「なら、ざっと一年はかけなきゃ」

となり、実現に向けてすぐに計画を立てて動きだした。二人とも、まずは会社や仕事は辞めた。どちらも、会社や教室になくてはならない人でなかったのは幸いした、というしかないのだろう。

「親の名前は出さず、あくまでも普通の若いカップルが悪戦苦闘し、ときにはお気楽に世界を回り、

ぼくは絵を描き続ける」

「私はモデルとして写真に写りながら、ただのスナップではなく作品に昇華しつつ、旅行記も書くのね」

「そうして帰国したら二人は結婚し、ぼくの絵と亜寿子が被写体となった写真の旅行記は書籍化されてベストセラー、ぼくは今度こそ本当にプロの絵描き、亜寿子は人気ブロガーから作家になる」

一緒に旅行をするとなれば、結婚したも同然だ。

早々に充秀は、亜寿子を亜寿子と呼んだ。照れながら、亜寿子も上気していた。彼女は彼を充秀さんと呼んだ。

「そういえば、ぼくは黒井さんにはなんと呼ばれてたかなぁ。覚えてないけど、ぼっちゃん、ぼく、そんな感じか」

「私もミサちゃんになんて呼ばれてたか、覚えてないわ。うーん、お嬢様、かな」

「黒井さんはさておき。何をお気楽な絵空事、夢見る夢子ちゃんになってんだ、という非難もなんのその。そんなぼくらの正体は、なんとあの画家と女優の子でした、というオチもつけられる」

二人は必死に親を説得……しなくても、案外というか意外というか、あっさり承諾されてしまったし金も貸してもらえた。

「ちゃんと、保険にだけは入っておきなさいよ」

「知らない人についていっちゃいけませんよ。って、子どもにいうみたいね。まぁ、子どもなんだけど、いろんな意味で」

二人の仲は、双方の親に喜ばれた。充秀の親は、彼女があの女優の娘だというので。亜寿子の親は、充秀があの画家の息子だというので。

あの件は、見事になかったことになっていた。充秀の母はけろりとして、

「あんなの、みんな嘘だもの」

と口にして流し、堂々と亜寿子の母とも連絡し合う方が確固たる妻としての振る舞いだと信じていた。

変な意識をしたら負けで、夫の不貞を認めることになる。充秀の母として、亜寿子の家族に堂々としている方が楽なのだった。

「帰って来たら真面目に働くし、正式に結婚します」

「堅実な生活と家庭を築きます」

これですべてが許された。もともと二人が期待の子ではなかったというのもあるし、このまま何もさせないでいたっていいことはない、とも思ったのだ。

変な相手に引っかかるより、身元確かな相手とくっつけた方がずっといい、という現実的な計算と見通しもあった。

とりあえず、両家にとっても悪い縁組ではなかった。まだおおっぴらに他でしゃべったりはしないが、親にとっても一足先の新婚旅行みたいなものだった。

「過去のあれを、蒸し返すマスコミがいるかもしれないけど」

「だって嘘なんだから、堂々としていればいいの」

「むしろ、お笑いにしてしまえるわ」

二人はあえてまだ籍は入れず、旅立った。旅先で愛を確かめ合い、ともに生きて戦って安らぐことで恋を成就させ、現地のどこかで挙式する。

「世界の果てに、ぼくらの新居があるよ」

「素敵な終着駅に、私達の愛の巣があるのね」

日本の空港に降り立ったら、その足で役場に行って婚姻届を出す。そこまでを計画の中に組み込んでいた。

素敵な計算高さ。夢見るような打算。これはもしかしたら、親から受け継いだ讃《たた》えられるべき資質なのか。

亜寿子のバッグには、充秀が描いたミサちゃんの絵も入れてある。

「なんだかこれ、魔除《まよ》けのような。お守りのような」

「本人に会ったら、また新たに近影ってのを描いてみたいな」

二人が二十代も後半なのだから、黒井さんもしくはミサちゃんも、おば様ということはないにしても、セーラー服とはほど遠い妙齢になっていることだろう。

けれど二人の中での彼女は、今もセーラー服の美少女なのだ。

「ぼくらの中の黒井さんは、十代なんだけど。現実は違うよね」

「うーん、なんでかな。今もミサちゃんは、ちっとも変わってない気がするの。今会っても絶対、セーラー服の美少女よ」

「そうだね、黒井さんは魔女だから」

「ミサちゃんは、不老不死だから」

私達は老いて死ぬ。だから若さと冒険を今のうちに楽しもう、と二人はいいかけて、何かをためらった。

すでに二人とも、この旅で歳《とし》を取らない存在になる予感がしていたのだ。

※

充秀には、よく見る悪夢がいくつかあった。子どもの頃から、体調が悪くなると見てしまう。大人になっても、何か不安や嫌なことがあると、やっぱり見てしまう。

「ぼくは違う」

助けて、でもなく。怖い、いやだ、でもなく。ママ、パパ、でもない。

「違うよ、ぼくは違うんだよ」

すっぽりと頭から顔をすべて覆う、帽子のような頭巾のような袋のような、とにかく視界がまったく閉ざされてしまう布をかぶせられている。

そうして、固い椅子に座らされている。もしくは、冷たい床の上に仰向《あおむ》けにされている。

体を覆うのは、それだけ。他に、身に着けているものはない。裸にされている。

恥ずかしさより、怖さと不安さが大きく強い。

見えないけれど、音は聞こえる。周りに何人かの大人がいる。みんな女だ。年頃や容姿などはわからないけど、美しく優しい女などいるわけがない。

「いいえ、あなたよ」

誰の声だ。聞き覚えがあるような、ないような。

金切り声というのか、耳障りなきりきりと尖《とが》って攻撃的な高音が飛び交い、充秀は怖くて不快で泣いてしまう。でも、抵抗も逃げることもできない。

「ああ、神様」

「神様、なんていっちゃだめでしょ」

椅子には縄のようなもので縛りつけられるし、床に仰向けにされているときは何人かの女にしっかり手足を押さえつけられている。

「悪魔。悪魔」

「そう、呼ぶのはそちら」

あるいは、一人で放っておかれても、何か薬を飲まされているからなのか、まったく手足の自由がきかず起き上がることもできなくなっている。

「魔女だ」

これは充秀の叫びではない。どの女かの怒鳴り声。ときにはすすり泣きに混じる声。この空間でしか嗅げない、どこか途方もなく甘美な匂いが混じる、けれど全体的には異臭としかいいようのない臭い。

「早く悪魔を呼んで」

何も見えないのに、周りを化け物たちが飛び交い踊りまくっているのもわかる。カエルのような濡《ぬ》れた足音。大きな蛇が這《は》う音。

「魔女なら、いるわ」

絶対に空を飛ぶはずがない魚や亀やネズミが飛ぶ音。地上には咲かない毒々しい花が開き、揺らぐ。中はすかすかなのに美味《おい》しそうな、巨大な果実におしつぶされる。

「悪魔。神様。どっち」

この声は恐ろしい。きっとママだ。だから、絶対に充秀はママと叫べない。

「黒井さん助けて」

何かの拍子に、縄が解《ほど》ける。あるいは、誰かが手を離す。充秀は、無我夢中で逃げだす。でも、どこへ逃げればいいかわからない。

前も見えないから、ひたすら走り、ドアがあれば開け、空間があれば飛びだすしかない。必ず、変な奴《やつ》が潜んでいる。攻撃はしてこないけど、とても不快だ。

「黒井さん、どこ」

でも、ぐるぐると同じ所を回るだけ。誰かが追ってくるような、もしかしたら自分が誰かを追っているような。黒井さんらしき人が、ほうきにまたがって追ってくる。ほうきの棘《とげ》が、充秀をひっかく。

悪夢は、いったんここで途切れる。続いて、必ず別の場面に切り替わる。

別の場面だけど、同じ部屋だ。そこは病院の中で、充秀はおとなしく椅子に座り、あるいはベッドに寝かされている。

あの縛りつけられている椅子であるのもわかっているが、いえない。床には奇妙な丸い円が描かれている。変な文字や記号、獣や化け物の絵も描かれている。後から、それは魔女の使う魔法陣だと知った。

ここでは、充秀は清潔な心地よいパジャマを着てスリッパをはき、変な袋もかぶらされていない。だから、周りは見える。

「ぼくは、神様でも悪魔でもないよ。ねぇ、そうだよね」

病院、と看護師の姿をした黒井さんはいうけれど。子どもだって、ここは病院ではないとわかる。そして子どもだって、警戒心があるから黙っている。

「ぼくはぼく、なんだよね」

ここでは、こんなふうにいう。病室には、看護師の姿をした黒井さんがいるだけだ。黒井さんは、質問には答えない。

「ぼくだ、ぼく。きっとそれは、ぼく」

「ほら、いい子にしてたらすぐ治るわ」

水晶玉、タロットカード、銀色に輝く刀、巨大な鍋。確かに黒井さんがまたがっていた、ほうき。膿盆《のうぼん》には血の色の丸薬と純白の粉薬。骨格の見本は絶対に本物の人間だ。棚の中にいる、ガラス瓶の中の目玉がにらみつけてくる。

「これを飲みなさい。素敵な研究家のお祖父さんと作った薬よ」

目隠しされて縛られていたりする、魔女達が騒ぐあの部屋と、この不思議な医院はきっと同じ部屋なのだ。

黒井さんも、ここでは素知らぬ顔で看護師然としているけれど、絶対にあの魔女達の集いにも参加している。

充秀は黒井さんを慕い、憧れ、求めながらも、信用できないし怖い。それは、母親に対しても同じだった。

ここでも、充秀は隙を見て逃げようとする。だけどやっぱり、同じところをぐるぐる回らされ、ドアを開けても開けてもドアが続き、疲れ果てて倒れてしまう。

この夢を百回見たとしたら、二回か三回くらい、もっと嫌な部屋に出てしまう。ものすごく臭い、腐った死体のある部屋に行きあたる。

その死体が誰なのか、充秀はわかっている。わからないけど、わかるのだ。

今度は、その死体のある部屋から逃げたくて泣き叫び、走り回り、疲れ果てて自分も死体のようになってしまう。

そして充秀は今まで、一度だけ連れができた夢を見たことがある。可愛い女の子だった。その子と手をつないで逃げた。

「ねぇ、君は生きている子なの」

大人しそうな、カスミソウみたいな雰囲気の同い年くらいの女の子。可愛いのに、生気といったものが感じられない。何か手足を無理につなぎ合わせたような、ぎくしゃくした動き。確かな腐臭。何も、答えてくれない。いつのまにか、はぐれてしまっていた。どこかのドアの陰にちらりと走り抜ける姿を見た気がするが、青黒く腐っていた。だからあの子じゃない。いや、だからこそあの子なのか。

これらはみんな、幼い頃から見ている夢だと思う。全編に渡って黒井さんが出てくるので、ときおりあれは夢ではなく実際の体験だったのかとも思う。

それをいうと、黒井さんそのものが夢だったとも思える。でも、セーラー服に着替えて庭の草花に水をやっていたり、

「私がカエルの使い魔と地獄の窯《かま》で焼いたのよ」

なんて冗談とともに、クッキーを食べさせてくれたりした優しい可憐《かれん》な黒井さんの記憶も、夢幻となってしまう。

あの黒井さんは確かにいた、と充秀は信じている。一緒に手をつないで逃げた子は亜寿子だったのかと、亜寿子本人に会ってひらめいた。

「亜寿子、やっぱり昔、ぼくと会ってるよね。カスミソウみたいな可憐さは、あのときと変わりないよ」

亜寿子に会ってから、あの悪夢は見なくなった。いつか、現実として戻ってくるような悪い予感を、黒井さんに魔術で消してほしい。

※

そうして二人は、パスポートの姓は違うけれど、夫婦として旅立った。

東京の空港には、誰も見送りには来なかった。

親にはその日は仕事があるといわれていたし、そもそも親が来られない日をあえて選んだというのもあった。

「行く前に、説教なんかされたくないしな」

「涙で見送られるのも、いやだしね」

二人とも、わかっていた。親は説教などしないし、泣くこともないと。それでもやはり、あからさまに心配も期待もしていない、というのを目の当たりにするのは、旅立ちの前に二人の頭上に影が落ちることとなる。

「黒井さんに会えるのは、どの国かな」

「いきなり最初の国にいそうな気もするわ。ミサちゃん」

もちろん無限の時間を使って世界中のすべての国を回るのは無理で、ざっくり一年かけてアジアからヨーロッパ、アメリカに飛んで最後はアフリカ、みたいな計画を立てた。

「行きあたりばったりこそが、ぼく達には相応《ふさわ》しいよ」

「そうね。でも、そこに向かうのは運命であった、みたいな」

「気にいったら、住んじゃおう」

「嫌なら、一日で発《た》てばいい」

もちろん深い考えではなく、強い意志もどこにもなく、楽ちんをする言い訳、適当な辻褄《つじつま》を合わせるための後付けだ。

ただもうカッコいいからと、考えも覚悟もなしに安易にタトゥーを入れる人が、あの哀しみをとどめておくためっす、あの決意を忘れないようにしたから、と、さも重大な意味や重い決意があるかのようにイキる、陶酔《とうすい》する、あれだ。

けれど二人は、その手の人達を嫌いもしないし軽蔑もしていない。仲間だ、と思う。見知らぬ仲間が欲しい。同じ傷を持つ友達とつながりたい。でもぼくらは特別。君達とは違うんだよ……。

「課題の絵が描けなくて閉め切った部屋で悶々《もんもん》としてるとき、海を見たいなぁってすごく思った。そんなもともと海なんか好きじゃないのに」

「充秀さん、まだ生きることにも描くことにも情熱があるのね。私はいつも、海に散骨されたい、海に撒《ま》かれたいとばかり夢見たわ」

「ぼくと一緒の墓に入るのを夢見てよ」

「それが旅の終わりなのかな」

「海さえ見れば絵を描ける気がする、って。だけどいつの間にか、海を見に行くためには早くこの絵を描かなくっちゃ、となってた」

「わかるわ。でも、わからない。私には、強く何かをしなきゃって気持ちがないの。海は心の中にあればいい、みたいな」

「二人の海を見に行こう。赤い海や熱い海じゃなく、普通の海」

噛《か》み合っているような、いないような。二人は付き合い始めてそんなに経《た》ってないので、どこかまだ遠慮したりぎこちなさもあったものの、それを補ってなお余りある新鮮さ、ときめきがあった。

いちゃつきながら、ときおり小さなケンカをしながらも、遠くへ遠くへ向かった。幽霊が出ると評判のホテルに泊まり、何事もなく、合法的に麻薬が試せる地域に行き、ちょっとだけ異世界に吹っ飛んでしまったり。

危うくも小さな冒険と、そこまで極彩色ではない非日常の繰り返し。

亜寿子の長姉はシンガポールの海が一望できる高級住宅地の豪邸に住んでいるが、会いに行く予定は入れていなかった。親も、せっかくだから会いに行きなさいともいわないし、長姉もおいでとはいわない。

「同じ海で生まれて、別々の海を見ている感じだから、お姉ちゃんとは」

それでも、長姉の住む地域の近くには観光で行った。シンガポールのすべてのきらめくランドマーク的な建物に囲まれた場所で、搾《しぼ》りたてのオレンジジュースを飲んだ。

「この辺り、家賃百万円以下の部屋ってないんだって」

「ぼくら、住もうと思えばどうにかなるじゃないか。でも、住みたいか」

「ううん。二人で、家賃の要らない海の底に住みたいわ」

夏の国はみんな薄着だから、ぱっと見ではどの人が金持ちなのか貧しいのかわからない。寒い国だと、着ているものですぐわかる。

「今日も黒井さんには会えなかった」

「明日もミサちゃんには会えないかな」

二人して、この旅のためにブログを開設し、フェイスブック、ツイッター、あらゆるSNSで宣伝した。

急激に、爆発的に、なんてことはないけれど、徐々に着実に閲覧者、読者、フォロワーは増えていった。

「お二人の、普通っぽさが素敵」

という意見、感想が大半だった。どれだけ自分が特別かがんばる、強調する書き手ばかりの中で、二人は楽しみながら普通を演じた。

顔は出しても本名は出さず、充秀が黒井、亜寿子がミサというハンドルネームを名乗った。旅行記の中身は、交代で書くが、一度も黒井さんとミサちゃんという二人を結びつけた不思議な女のことは書かなかった。

それに触れたら、どちらかの魔法がかかる気がした。黒井さん、ミサちゃんには絶対会えなくなる。もしくは、いきなり現れてしまって二人の旅が終わる。

「黒井さん、絵はどこで習ったんですか」

「ミサちゃんの麦わら帽子、可愛い〜。どこで買ったんですか」

ブログの読者、ツイッターのフォロワーなどに黒井さん、ミサちゃんと呼びかけられて応えていると、黒井さんとミサちゃんの息遣いを背後に感じられるようになった。

その人達とやりとりし、ときには現地で待ち合わせて食事をともにしたり、短い旅の同行者になったりもした。

もう二度と会うことはない異国の人と、たぶんもう会えないはずの刹那《せつな》の友達と、日本にはない気温の土埃《つちぼこり》舞う路上のカフェで薄いビールを飲み、背景がまんま絵葉書になってしまう有名観光地で誰もが取るポーズを取る。

実際に会った人には、黒井さんとミサちゃんのハンドルネームの由来を話し、

「あなたは黒井さん、ミサちゃんて知らないですか」

などと聞いてみた。誰もが、うーんと首を傾《かし》げる。

「私達の旅の主題、ではないけど。うーん、副題。じゃない、裏テーマかな。ミサちゃんを探そう、っていうのがあるんです」

他人に過大な期待さえしなければ、だいたいの人がいい人で、たいていのことは笑ってやり過ごせた。

そしてみんな、黒井さんもミサちゃんも知らなかった。

「友達の友達が、セーラー服を着た看護師に変な手当てをされたとかいってたけど、そりゃ変な風俗店だろうね」

「知り合いの知り合いが、子どもの頃に高校生くらいのお手伝いさんがいたといってたけど、写真見せてもらったら小さいオバサンだった」

都市伝説には欠かせない、直接的に関係ない人達の誰かが、ぼんやりと知っているかも、といった答えだけが積み重なっていく。

もちろんそんなの、明確な解答にはならない。黒井さんにもミサちゃんにも、いつまでもたどりつけやしない。

黒井さんとミサちゃんだけでなく、充秀と亜寿子の正体も、旅先で出会う日本人の誰にも明かさなかった。

「ちょっと大人のフリーター」

「でも新婚夫婦」

とだけ伝えれば充分だった。通りすがりの彼らだって、さほど二人に興味はない。何かの嘘やごまかし、背伸びや見栄《みえ》を張ることは彼らだって必ずしているのだから。

旅人は、何かを探しに来たといいながら、自分を語るのに夢中だ。

「あたし、超のつく一流の広告代理店に勤めてるんだけど、ちょっと充電の旅に出たくなったんだぁ。モデルにもスカウトされてるんだけど」

「俺、某国の傭兵《ようへい》部隊にもいたんだよ。選び抜かれた精鋭部隊だね。マシンガンも毎日ぶっ放して、各国に愛人がいてさ」

でも英語が全然しゃべれないんですね、とか、あなたピストルとライフルの区別がついてないでしょ、などと突っ込むことはしない。

「ぼくも旅のために会社を辞めちゃって。帰国後の方が彷徨《さまよ》うことになりますね」

「私も帰ったら仕事を探さなきゃ。じっとオフィスに閉じこもるってのも何かのリハビリになるかしらね」

旅先で出会う人達、ネットだけのつながりの人達、みんな思いつきの優しさと結局は自分のことだけを語っては流れ去って行く。

「俺の父親は地元じゃ知られた絵描きなんだよ」

「あたしの母親はミス×県に選ばれて、ちょっと女優もしてたの」

「うちの兄は東京の大病院にいたこともあって、姉は優雅な駐在員夫人」

そんなことをいわれても、うちの親も画家で、だの、うちの母も女優で、だの、うちの姉も、といった返しは一切せず、

「へぇ、すごーい」

とニコニコして聞いていた二人を、彼らは後から背景や家族、正体を知ってなんと思う。謙虚で奥ゆかしい夫婦と思うか、にやにやしてたんだろ、嫌味な夫婦、と思うか。そんな想像も、彼らには苦笑できるものだった。

「きれいな奥さんがいて、世界旅行か。うらやましいねぇ」

これも、お世辞ばかりではない。亜寿子はお母さんやお姉さんみたいな飛び抜けた美女、プロの美人と比べるから凡庸《ぼんよう》に見えるのであって、単独でなんの先入観も予備知識もなしに見れば可愛い子、美人さんといってもお世辞にも嘘にもならないのだ。

事実、被写体の亜寿子が可愛いのも評判になり、アクセス数も増えたのだ。

「奥さん、美しいですね。独特の雰囲気もある」

「俺もこんな可愛い奥さんと旅行したいよ〜。でも景色じゃなく、奥さんばっかり見てるかもね」

などと称賛され、亜寿子は本当にうれしがっていた。言葉と視線に磨かれ、本当にどんどんきれいになっていった。自信を持つべき人が自信を持ったら、いろいろなものを巻き込み、有形無形のものを生みだしていく。

「私、子どもの頃から何かこの世としっくりいってない気がしてたの。私ここにいていいのかな、っていつも居心地悪かった」

「今は違うだろ。すごく、世界としっくりいってる」

充秀は写真だけでなく、亜寿子を描くこともした。これまた、父と比べるから下手に見えるのであって、一応は専門学校にも絵画教室、美術の予備校にも通ったのだから、一般の人から見れば充秀は絵が上手《うま》いのだった。

「えっ、あなた本職の絵描きさんじゃないですよね」

「奥さんへの愛情が、筆先に滴ってる感じ」

誉められ、話題となり、充秀の絵もまた着実に上達していった。自信が、手の癖になってしまった感があった。

だけど、いいことばかりじゃない。金や持ち物の盗難にもあったし、かなりボラれたし、同胞からの寸借《すんしゃく》詐欺にも遭い、軽かったけど交通事故にも巻き込まれ、二人とも体調を崩しもした。軽いケンカも何度かした。

「だけどあの詐欺師にも、家族がいるんだよねぇ」

「あの泥棒も、可愛い可愛いと育てた親がいたんだわ」

仲直りの合図のように、黒井さんとミサちゃんの話をした。

「黒井さんなら、悪い奴を黒魔術《くろまじゅつ》で地獄に落とせるのに」

「ミサちゃんなら、死んだ人を生き返らせて案内人にしてくれたかも」

ダメかもしれないと覚悟しながら保険の申請をしたら、思ったよりは多くの保障ももらえ、思いがけない豪勢な入院生活なども送れた。白いシーツの感触、消毒液の匂い、充秀は黒井さんを生々しく思い出す。

「これはさすがに夢だと思うけど、庭で人間の形をした薬草とか煮てたよ、黒井さん。そんなわけないのに、その草の悲鳴みたいな声を覚えてる」

子どもみたいな、ではなく、子どもが働いている国もたくさんあり、亜寿子はミサちゃんを連想してしまう。

「これも、なんかの夢かドラマかとごっちゃになってんだと思うけど。ミサちゃんは裸になって踊ってて、角と羽がある何かが周りに舞い降りてきてた」

揉《も》め事、困りごと、ケンカも丹念に撮影し、描き、文章に綴《つづ》った。甘いだの危機管理能力がないだの意地悪な書き込みもきた。

すべてに丁寧で謙虚な返事をした。決して感情的に罵倒《ばとう》したり皮肉や嫌味で返したり、きつい反論はしなかった。

「いい夫婦ですね。運命の二人だな」

「かけがえのない相手に巡り逢《あ》えて、二人の旅はもう完成してるじゃないですか」

それでますます二人には、ファンが増えていった。現地で会いたいという人達も増え、ごちそうになったり滞在させてもらったり、現金ではないが援助もしてもらい、気がつけば一年の予定が過ぎていた。

「黒井さんはまだ現れない」

「その方がいいのかも。ミサちゃんが現れたら旅は終わるもの」

親とも連絡は取っていたが、そんなに帰れとも催促してこない。いよいよ金が尽きたら帰ろうと話し合ったが、まだ何かが足りない気がしていた。

そうしてついに、アフリカにまで来てしまった。アジアのどこより、ヨーロッパのどの国より、異国だと途方に暮れた。暑さだけではない異様な熱量の塊を感じ、

「さすが人類発祥《はっしょう》の地だね」

地面が吐きだす息のようなものを足裏から直接吸い込み、血ではない何かが体内に滾《たぎ》ってくる。それは日本人の感覚では、快適さ、居心地よさと結びつくものではない。

「蚊に刺されちゃった」

という亜寿子の虫さされ痕も撮影し、絵にも描いた。日本のそれと違い、かなり大きく赤く腫《は》れあがってかゆみも強いというが、何事も市販薬で乗り切った。

そういえば充秀も、あちこちかゆい。日本じゃまず嚙まれることのない南京虫《なんきんむし》だの蚤《のみ》だのも慣れ

てしまってて、どれが蚊なんだかわからなくなっていた。

「まだ、地の果ては見てないね。あるのかな、行けるのかな」

「天竺《てんじく》じゃなく、地の果てを目指してんのか、ぼくらは」

虫刺されの薬を塗りつついろいろ迷い、なんとなく南米に渡ることにした。


「ここをいったん、締めくくりにしよう」

とりあえず、手頃なホテルに一週間の予約を入れる。ネットでの評判は、良くも悪くもない。メインストリートがなくて裏道しかないような下町のホテル。にぎやかなのに、終末感や廃墟《はいきょ》感もある。

陽射《ひざ》しがアフリカとはまた違った強さで、建物に入ると一瞬真っ暗闇の中に叩《たた》き込まれたような錯覚を起こし、異界の扉を簡単に開いてしまいそうになる。

クラシックな自動車の群れ、葉巻の匂い、強い酒の味わい。過剰に異郷だ。肌の色が濃い人達のひしめいていたアフリカよりも、さらに遠くに来た感じだ。

漆喰《しっくい》のはげ落ちた壁、毒々しいペンキを塗ったレンガの壁、異界に通じているとしか思えない奇怪な聖女の描かれた木のドア。牢獄《ろうごく》のような鉄柵がはまった窓。

「ここ、黒井さんがいた病院だ」

全然違うが、充秀はため息をついた。確かに昔、ここをさまよった。

「全然違うのに、ここはお祖父ちゃんお祖母《ばあ》ちゃんと夏を過ごした田舎の家に似ている。ううん、田舎の家だわ。ミサちゃんと暮らした家」

地べたに置かれた籠の中の巨大な果実。まだ生きているんじゃないかというような獣の肉も吊《つ》りさげられた軒先。

あの臭いがする。砂埃に混ざる異国の香辛料、日本には自生しない野草に毒草がいたるところにそよいでいる。これらも昔、見た。

「こんな遠くまで来ちゃったんだ」

「行けないのと帰れないの、どっちが怖いかな」

五階の角部屋は、容赦ない陽光にさらされて白っぽい。ところどころ欠けたタイルの床は砂埃も舞っていて、あらゆるところに乾いた怨念が渦巻いていそうな古び方だ。生きた人の歌声と死者のうめきが区別できない。

「二人でいれば、何も怖くない」

「何かの歌みたい。呪文かな」

なんとなく、この部屋では殺人も自殺も病死もあっただろうな、と感じた。さっき鏡に、見知らぬ異国の死者の顔がちらっと過《よ》ぎったのが充秀はわかった。知らん顔していたけど、亜寿子も気づいていた。

「黒井さん、来たかな」

「さっきの、ミサちゃんかと思った」

それらは、日本に帰ればいい思い出になると処理できた。でも、年代もののやけに巨大なエアコンの調子が悪く、かなり蒸し暑いのはまいった。今現在の苦痛は、未来の思い出に即座に変換できない。

「ついに、って感じだな。黒井さん、きっと現れるよ。ここに」

何より二人は、狭いこの密室で奇妙な世界に迷い込んでしまった。いや、過去の世界に、昔の悪夢に取り込まれてしまった。

※

亜寿子は都心の高級住宅街の生まれ育ちだったが、母の実家は西日本の静かな地方都市にあった。代々の富裕な地主で、優秀な人々を輩出する家系だったが、たまに変わり者も生まれるといわれていた。

実は亜寿子の母の父、つまり母方の祖父がそういわれる人の一人だった。

「もちろん頭もいいし、悪い人じゃないんだけどねぇ」

というのが、身内からも近所からも元の同級生や同僚、教え子などからももっとも多くいわれる人物評だった。

東京の有名私大を出ていったん教職に就くが、

「どうにも、仕事も都会も合わない」

と地元に戻ってきて、奇怪な研究に没頭するようになった。

「わしの生涯は、魔術の研究に捧《ささ》げる」

広大な自宅の離れ座敷に閉じこもり、そこを研究室とした。

どこから手に入れたのか家族にもわからない、怪しげな用途不明の機材や骨董品《こっとうひん》、奇妙な植物の鉢植えに不気味な人形、もしかしたら途方もなく高いのではという中世ヨーロッパの絵画などを運び入れていた。

「魔法を勉強している。魔術を習っている」

常に祖父は真顔でこんなことをいっていたが、家族親戚はなんとかこれを冗談にしようと努めていた。

「お父さんは、独自の健康法を編みだそうとしている」

「魔術は冗談で、体にいい漢方薬の研究をしているの」

と、身内は外ではいいはった。しかし、他人はそうは受け止めてくれない。

「あの家では主人が、人体実験をしている」

「死体を魔術に使っている」

「毒薬の調合をしている」

などなどの変な噂、不穏なささやきが流れた。実際に、変な臭いや物音が絶えないのだから、警察も何度かやって来たほどだ。

いろいろ任意で調べた結果、さすがに噂が大げさすぎということに落ち着き、

「まぁ、あまり誤解を招かないようにお願いします」

と、警官も苦笑させて帰したわけだ。結局、祖父は事件といえるほどのことは起こさなかったはずだ。

その祖父もすでに亡くなり、後を追うように祖母も逝った。そのあたりの記憶が、亜寿子はぼんやりと霞《かす》んでいる。

亜寿子の次姉は医学の道に進んだが、次姉の見せてくれる教室や研究室、診療の場はすべて祖父のそれとはかけ離れていた。次姉はもちろん、医学研究の道に進んだのを、祖父の影響もありました、などとは一度もいったことがない。

そもそも、祖父は医者ではなかったし、あれは医学の研究ではなかった。

亜寿子の母の兄が家督は継いだが、実家はすべて取り壊してしまった。あの怪しい座敷も、跡形もない。伯父の一家は、温泉地の高級マンションに移っている。

いまだに母の実家があった辺りでは、奇怪な噂が残っている。

「死者を生き返らせようとして、成功したらしい」

などと。なのに、高校生みたいな美少女のお手伝いがいたことは、地元の人は一切知らないし、語らない。

「すべては、過去の闇に沈んだ」

そういったのは、誰だったのか。まさかミサちゃんか。

亜寿子は、変わり者といわれる祖父を好きだった。祖父が自分を見る目はいつも、哀しみにあふれていた。

亜寿子の祖母も素封家《そほうか》の出で才色兼備といわれたしっかりした賢い人だったから、祖父の所有する土地家屋の管理などしっかりこなし、子どもも立派に育てあげた。

だから、亜寿子の祖父は金にならない研究とやらに打ち込めたのだ。

その祖母ですら、祖父の研究室には近づけなかった。家族、親戚、誰もが渡り廊下の中ほどまでしか行けなかった。

いや、亜寿子もだ。なぜか、亜寿子は研究室の中を覚えている。

「あなたのための研究室だからよ」

「そうなの、ミサちゃん」

謎めいた研究室を別にしても、田舎の旧家は都会育ちの子には異界だった。研究室ではなく母屋の座敷や居間に普通にいて、ご飯を食べたりテレビを観たりしていた祖父も、妙な話ばかりをしてくれた。

「奥の納戸に入っている、ひいじいさんの遺品。妙に生々しく、誰かに似せているとしか思えない日本人形があるんだ。

見るたびに、顔と位置が動いている。あれはよくないな。いずれ供養が必要になる」

それはお祖母ちゃんに似ている。

亜寿子はそう思ったが、黙っていた。お祖母ちゃんは、この家から出ていきたがっている。それも感じていたが、沈黙を強いられた。

「いつだったかなぁ。屋根裏のネズミ捕りにかかっていた、異様な生き物が忘れられんな。手のひらに乗るほどの、人間みたいな何かだよ。

そいつは不吉な予言を人間の言葉でした後、溶けてなくなってしまった」

それは、お祖父ちゃんの研究室から逃げだしたものなんじゃないの。

これも言葉にはできず、黙っておくしかなかった。たぶん、お祖父ちゃん一人では作れない。ミサちゃんの手を借りてこそのものだった。

「縁の下に何者かが入り込んで、しばらく生活していた跡があった。茣蓙《ござ》に食器や食べかすとともに、奇妙な本があった。

どこの国の言葉でもない文字で書かれていてな。村で一番賢いとされる村長に見せたら、良くないことが書いてあるから焼き捨てろといわれた」

入り込んでいた何者かは、お母さんと親しげにしゃべっていたわ。お母さんは縁側に座ってて、何者かは縁の下にいたけど、まるで二人は抱き合っているかのような雰囲気だった。私、その相手が何者かわかった気がする。

と、これも絶対に誰にもいえなかった。誰より、母が壊れる。

そしてお祖父ちゃん、いろいろ話を作ってるわね。奇妙な本ってママと秘密の恋人の交換日記で、お祖父ちゃんはちゃんと読めたんじゃないの。

都合の悪いことが書いてあったから、処分したんでしょ。

「うちの親戚の人が東南アジアの国に出かけて、ある寺院で壺《つぼ》を見つけたんだ。親戚の者の写真を見せてもらったら、模様に傷跡に欠けた跡、間違いなくうちの庭の柿の木にあった壺だよ。

誰がどうやって異国まで運んだか、一切が不明だ。ただ、その寺院は地元では恐ろしい邪教と恐れられていた」

その壺にはきっと、人が入っていたわ。

これも、呑み込んだ言葉だ。何かの材料に使ったのね。

亜寿子は田舎の祖父母の家を楽しみながら、常にひどく怯《おび》えてもいた。いろんな記憶と現実と夢が混ざり合って混沌《こんとん》としているところと、変に鮮明なところがある。

ミサちゃんの調合する薬や、あちらの世界のものを呼びだして行う治療のせいだ。何もかも知らなかったことにしたいのに、眠る前にお話をしてあげましょう、とミサちゃんがおとぎ話の合間に変な怖い話をしてくれた。

「ミサちゃんて、いい人なの。悪い人なの。どっちよ」

父と母と姉達と暮らす東京の家では、母の実家と祖父の話は厳重に禁止され避けられていたのではないが、なんとなく誰も話題にしなかった。ましてや、ミサちゃんなど。

「亜寿子も、年寄りばかりのあの家で退屈せず楽しそうにしてるから」

などといわれていた。年寄りばかりじゃないよ、とはいえないのだった。

日本を代表するとまでいわれる女優になった亜寿子の母は、祖母によって早くに都会の親戚宅に預けられた。都会のお嬢様学校に通わせたのは、実家に置いておくのはよくない、と判断したからだった。

その読みは当たった、というべきだろう。末娘がぱっとしない、というだけで、亜寿子の母はおよそ女の幸せと考えられるものをすべて手に入れられたのだから。

亜寿子は幼いとき、たびたび母の実家に預けられた。あきらかに夏休みだったときもあれば、学校休んでここにいていいのかな、とぼんやり不安を感じたのも覚えがある。

「アイスクリームみたいな不安。甘く溶けてしまう記憶と自分」

こんな不吉な作文を、書いただろうか。

決まって、祖父の家には亜寿子一人だった。姉二人は決して来ず、母もそそくさとやってきて亜寿子を自分の親に預けると、まるで逃げるように東京に帰ってしまう。

もう一つの決まっていたことは、母の実家にはミサちゃんと呼ばれるお手伝いのきれいな女の子がいたことだ。

ミサちゃんは食事の支度や庭の掃除、洗濯物をしたりもしていたが、だいたいが亜寿子の世話をしていた。

東京の家にもミサちゃんは来て、亜寿子の面倒を見ていた気がするのだが、とにかく母も姉達もみんな、ミサちゃんの存在を否定する。

「近所周りのお姉さんのことでしょう。とにかく、ミサちゃんなんていない」

「おじいちゃんちには、おばさんのお手伝いさんしかいなかったでしょ」

もう一つ重要なのが、ミサちゃんは亜寿子の世話だけでなく、祖父の手伝いを主要な仕事にしていたことだ。

ミサちゃんは祖父の研究室にこもり、そのときは家族の誰も立ち入れないのだった。

「エコエコアザラク」

そんな呪文が漏れてきていた。同時に、なんともいえない異臭や芳香、鳥肌が立つような悲鳴や騒音、うっとりしてしまうほどきれいな音楽や歌声も漏れてきた。

「今はダメ。絶対に入ってはいけない」

祖父もミサちゃんも亜寿子を可愛がってくれていたが、一人で研究室に立ち入ることだけは許されず、こっそり忍び込もうとしてものすごく怒られた記憶もある。

祖父もミサちゃんも、鬼のようだと思ったほど怖かった。なのに、絶対に亜寿子は研究室の中を覚えている。これはなんなのだろう。

「亜寿子。お前のためなんだ」

「すてべはあなたのためにやっているのだから、がまんして」

確かに、二人にそういわれた気がする。それにしても、この記憶はなんなのか。

いくら母の実家が豪邸、お屋敷といわれるほどだったとはいえ、祖父の研究室そのものは二十畳ほどだったはずだ。

雑然と、しかし確かな何かの法則や手順、計算された動線に従って家財や機材、道具や材料などが所狭しとぎっしり詰め込まれ、小さな子どもだった亜寿子ですら狭い、という第一印象を持った。

なのに亜寿子は、広大な迷路をさまよった。同じところをぐるぐる回り、どんなにまっすぐ走っているつもりでもさっきの場所に引き戻され、ドアを開けたらまたドアが出てきて、障子を開けても開けても障子が続いた。

「助けて、ミサちゃん」

泣き叫びながら走り、惑い、その間ずっと恐ろしい怪物、気持ち悪い化け物、異様な人達に追われ、襲われ、脅かされた。

見たこともない、けれどきっと行くはずの外国の景色や、自分が大人になった後の未来の世界なども垣間《かいま》見えた。

あまりの速度と量で流れていくので、断片的にしか覚えていられなかったが、これが未来の旦那様なんだという男が瞬時にわかった。

気がつくと亜寿子は、祖父の研究室のドアの前に座り込んでいた。セーラー服の上にエプロンではなく白衣をまとったミサちゃんは、優しく頭を撫でてくれた。

「いろんなものを見たのね。でも、あれだけは見ずに済んだわね。あれだけは見てはいけないの。見たら……」

見たわ。ガラスの巨大な水槽に入っていた、あれでしょう。

※

その裏路地の無名のホテルを取ったのは、まずは予算の節約の意味もあった。これ以上、親に送金をいい出すのがいやだった。

「うわ、ある意味では理想通りのホテルだな」

「でしょ。なんか、なつかしい感じがするのね」

どちらの親も金は送ってくれるが、説教を聞かなきゃならない。

「そんなことで結婚生活は維持できるのか」

「計画性が無い、まだ子どもだ。やっぱり頼りない」

などなど。それは亜寿子も同じだった。親も姉も、亜寿子を責めはしない。最初から期待もしてないし、甘く見下しているからだ。

亜寿子には、微笑みながら送金してくれるだろう。けれど、

「やっぱり、あちらさんも頼りないのねぇ」

そういわれるのは、亜寿子は自身を笑われるよりつらかった。

こんな素敵な旦那様がいるの。そんな素敵な旦那様に愛されてるの。そう誉められたい。うらやましがられたい。

彼に会うために、生まれてきたんだから。そう、いい聞かせる。自分に。

「ミサちゃんに、充秀さんを紹介したい。なぜ、こんなに強く思うのかな。身内でもないし、そんな長らく世話をしてもらったんでもないのに」

傍らの頼りない神様に、もう一人の奇妙な神様の話をする。

「それだよ。ぼくも不思議だ。絶対に亜寿子に黒井さんを会わせなきゃ、と焦る。なんなんだろう。ぼくにとっても黒井さんは、そんな深いつながりはないんだよね」

そこで亜寿子は、初めて充秀に会ったとき描いてもらったミサちゃんの絵を引っ張りだす。あら、

と首を傾げる。

「なんだかちょっと、表情が変わってきているような。そんなはずないよね」

「あまりにうまくて、命が吹き込まれたかな」

充秀は冗談にしてしまったが、亜寿子は黙ってまた絵をしまい込んだ。ミサちゃんは哀しみの度合いを強めていた。絵の中の瞳から、涙がこぼれそうだった。

ともあれ、ホテルだ。二人が見つけた古い小さなホテル。ここでなきゃいけない。

そこそこ高かったり広く知られた人気ホテルに泊まると、実は裕福なんじゃないか、親のすねかじり旅行なんじゃないか、といった勘繰りをされる恐れがあった。

凡百《ぼんぴゃく》な旅行記、ありふれた滞在記になってしまうというのも恐れた。普通っぽさを売り物にしつつ、そうじゃないんだよ、というのが大事だった。

二人はとにかく、いろいろなものを恐れ続けていた。実は普通。実は普通じゃない。本当は平凡。本当は平凡じゃない。

どちらに転んでもどちらに触れても、怖い。何か、もっと怖いものが待ちかまえている。過去の怖いものが、未来まで追ってくる。

「怖いものの原風景っていうのかな。そこに黒井さんがいた気がする」

「囲いの中、檻《おり》の中も怖いけど。果ての見えない自由も怖い。それ、ミサちゃんが教えてくれた気がするの」

「知らない方がいいこともあるんだろうけど、いずれ真実って追いかけてくるよね。それが残酷であればあるほど、黒井さんの存在感は増す」

　ともあれ二人は、そのホテルにチェックインした。日本人は二人だけだった。空港の売店で買っておいた、ぬるくなってしまった現地のビールで乾杯した。

「なんだろ、少し血の味がする」

「缶は錆《さ》びてないよ。うん、ちょっと血の味っていえば、そうかも」

　どこにでもある安ホテルの造り。ドアは一か所、その脇にユニットバスとトイレが一緒になった洗面所、部屋の大半を占める低めのダブルベッド、脇に粗末な小机と椅子、ドアの向かいに小さな木枠の窓。

「いろんな人が泊まって、通りすぎていったんだろうね」

「死んだ人もたくさんいるでしょうね」

　窓の向こう、窓の下は寂れた路地だ。陽射しだけが無駄に強く豊かに降り注ぐ。旧式の車やバイクに、人ではない何かが乗って通りすぎていく。

「こんなに小さい部屋なのに」

「おかしいよ。ここ、狭い部屋なんだよね」

なのに。二人は互いに部屋の中ではぐれ、迷い、取り残された。

　それなりに広い敷地内にあるホテル全体の中で、ではない。泊まることになったごく狭い部屋の中で、なのだ。

「ねぇ、充秀さん。見つけてよ。私はこっちよ」

「ぼくはここだよ。亜寿子はどこにいるの」

亜寿子の声は聞こえる。亜寿子にも、充秀の声は届いている。声のした洗面所のドアを開ける。誰もいない。ドアを見失い、右往左往する。

「黒井さん助けて」

なぜ、そう叫んでしまったか。やっとドアを見つけて開けたら、それは廊下に面したドアだ。勝手に背後のドアが閉まる。ちらりと、黒井さんの影が見える。ほうきに乗って、飛んでいったよ。変な薬草を探しに。

「ミサちゃんの声がする」

錯乱した、亜寿子の叫び。五階だが、いっそ窓から逃げられないかと走り寄れば、窓が外から誰かに開けられたかのように、全開になる。でも、そこにあるのはタイルの欠けた暗い洗面所だ。顔から直接、手足の生えた中世の修道女みたいな女がいて、歯のない口を開けて笑っている。狭いホテルの洗面所が、広大な荒地や、果てのない地獄に変わる。遠くで火事だろうか。違うな、地獄の業火《ごうか》ってやつだ。

延々と狭いはずの部屋の中を回る。それは姿の見えない亜寿子も同じのようで、

「出られない、開かない」

と悲鳴をあげている。足音はバタバタと聞こえる。

「じっとしてて。迎えに行く」

「じっとしてたら、化け物に食べられる」

混乱と混沌の燃料が尽きて、気がつくと二人は狭い洗面所の中に座り込んでいた。亜寿子は黄ばんだ洋式便器にもたれかかり、充秀はバスタブに寄りかかっていた。

「今の、なんだったの」

二人して、床に崩れ落ちる。吹きあがるような高熱に襲われ、体の節々が痛い。痛みは生きている証拠だとしても、つらすぎる。

「……ねぇ、具合悪くないか」

「すごく、熱あるみたい」

「そうだね、部屋の暑さのせいだけじゃない、これって」

この南米の国は、高山地帯だ。過酷な青空と引き換えの、薄い空気。

「ああ、高山病にかかったんだわ」

それだ。それで目まいと足元のふらつき、何かわからない幻覚みたいなものを見てしまったのだ。二人は悪夢を高山病のせいにできて、軽く救われた。

「高山病なんて、怖いな。初めてだよ」

「でも、安静にしてれば、慣れれば治るってことよ」

洗面台に置いてあったミネラルウォーターを半分ずつ飲み、ちょっと落ち着いてきたので、充秀はふと思いついた。これも描かなきゃ。

便器にもたれかかる亜寿子は、妙に可憐でいじらしかった。もちろん体は心配だった。そんなとしてる暇ないだろ、という気持ちもあった。

「ちょっと、じっとしてて。なんなら、そのまま寝てもいいよ」

多少ふらつきながらもリビングに戻り、充秀は荷物から画材を取りだした。そして、亜寿子を描いた。亜寿子もじっとモデルになってくれた。

「苦しいけど、変な浮遊感と高揚感てのかな、地の果てが見えそうな感じするわ」

描き上げてさっそくSNSにあげると、絵そのものよりもみんな高山病に反応してきた。

「早く病院に行って」

「のんきにしてる場合じゃないよ。医者にGO」

という書き込みにあふれたが、

「高山病なんて慣れるしかないだろ」

との書き込みを二人は信じた。さらなる反感、反論が嫌だから、

「これから病院に行きます」

と適当に答えておいた。実は、もう保険が適用ぎりぎりにさしかかっていた。

詐欺などは断じてしてないが、最初は些細《ささい》なことで保険をかなり使ってしまい、途中から更新を断られてしまったのだ。

それを正直に書けば、非難を浴びる。親に援助を申し出るのも億劫《おっくう》だ。ここは高地で、治すには降りるしかない。別のいい方をすれば、降りれば治ると思った。

「嫌だわ……見えてきた」

「何が」

うわごとなのか、独り言なのか、会話なのか。充秀には見えない、地の果てなんて。別にそんなもの、見たくもない。見たいのは、二人の輝かしい未来だけ。

二人はベッドに倒れ込み、眠った。充秀は、例の悪夢を見た。このホテルはまるで、あの医院だ。眠っても起きても、あの夢を見なきゃならない。

椅子に縛りつけられ、床に寝かされ、黒井さんに薬を飲まされていた幼い自分の姿までが、どこかのドアの向こうに透けて見える。

「これは黒井さんの仕業なのか」

亜寿子も、身悶《みもだ》えている。悪夢を見ているのだ。

「ここは、お祖父ちゃんちだわ。いやだミサちゃん、やめて」

そして、また迷宮の中で目覚めた。二人は望み通りに溶け合い、混ざり合っていた。充秀の肩から亜寿子の顔が生え、充秀の透き通る体の中に亜寿子の胴体がすっぽり収まり、充秀の口から亜寿子の手が出ている。

「地獄だわ」

亜寿子の絶叫で、二人は離れる。別々に逃げる。逃げられない。

ベッドに戻ろうとしているのに、いろんなドアが現れる。どれを開ければいい。

右のドアが開くと左のドアが閉まり、全部のドアが開いては閉まり、ベッドにたどり着けない。

魔法陣の描かれた床でつまずき、転ぶ。

そして充秀は、立ちすくむ。洗面所に青黒く膨らんだ腐乱死体があったのだ。眼球も舌も飛びだしていて、なのに亜寿子だとわかる。

「今死んだんじゃないわ。もともと、亜寿子さんは死んでた」

「黒井さん、変なこといわないでくれよ」

激しい腐敗臭にむせる。腐った体液の刺激臭は目に痛い。絶叫した。その腐乱死体は間違いなく亜寿子だ。

どうして。いつ死んで、いつの間にこんなに腐り果てた。

尻もちをついたまま、後ずさりする。何かの気配に振り返るとそこはリビングで、亜寿子は微笑みながらベッドに座っていた。

「生きてる」

「何いってんの。寝ぼけたの。それとも発熱のせいかしら」

立ち上がって洗面所のドアを開ける。恐ろしいものは、何もない。

「死体が……すごい腐った死体が」

さすがに、君の、とはいえなかった。亜寿子は笑う。

「怖い絵も描いてみたいとネットで死体画像を探して、模写してたわ。充秀さん、覚えてないの。すごい、怖いけど上手いと感心したわ。

そう、充秀さんが自分で描いた絵よ。あまりに真に迫ってたから、自分で自分の絵に驚かされたのよ」

「そうなのかな。でももう、どこにも行きたくない。迷いたくないよ」

嫌な過去に引き戻される。そうなったら、帰れなくなる。日本にも。この世にも。

「あなたのあの絵は最高傑作よ」

「死体なんかじゃない。もっと、いい絵を描きたい」

「描いたらだめ。もっと怖いものが現れる」

噛み合わなくなってきた、会話。亜寿子を抱きしめる。二人はどろどろに溶け合っていく。溶けてしまいたい。

「どこかで、ミサちゃんにお薬もらったかも」

「ぼくも黒井さんに、どこかで看病してもらった気がする」

無限に鏡の中の自分を映し出していく合わせ鏡のように、洗面所のドアと腐乱死体が増殖していく幻覚を見る。

「いるよね、黒井さん」

「そこにいるわ、ミサちゃん」

目を開けても閉じても、消えない。だけど充秀の体は、ここにある。亜寿子の体も、まだこの世にとどまっている。

充秀はのろのろと立ち上がり、さっき描いた亜寿子の絵を探す。いつのまにか、黒井さんに変わっていた。酷薄に微笑む黒井さんに。

それを破り捨て、亜寿子のバッグを開ける。初めて会った日に描いてあげた、黒井さんの顔。いつのまにか、そちらが亜寿子に変わっていた。

どろどろに腐って溶けて、今度は生気のない小さな女の子に変わった。それも破り捨て、ふらつきながら開け放した窓の向こうに捨てた。

紙の花吹雪は、乾ききった高地の風にさらわれて黄泉《よみ》の国や過去にまで飛んでいった。

※

どこかのドアが開く。疲れ果てた充秀は、立ちあがるどころか目を開けることも億劫だ。いや、立ちあがれないし目も開けられない。

「描かなきゃ、亜寿子を」

子どもの頃に戻ったようだ。すっぽりと視界を覆われ、椅子に縛りつけられている。

「書かなきゃ、ぼくらの旅行記を。会わなきゃ。誰に。もちろん亜寿子。いや、違う。黒井さんだ。違う違う、亜寿子だろ」

闇の中に、同じく幼い亜寿子が見える。可哀想に、体のあちこちが欠けている。いろんなところが、なくなっている。

なんだ、その姿。子どもの頃にそんな姿で、よくきれいに成長できたもんだな。

「亜寿子、どこにいるんだ」

口は動いたから、叫べた。どのドアの陰、どの壁の向こうにいるんだ。会いたい。会えない。黒井さんもミサちゃんも、現れない。

いや、恐ろしい化け物を見た気がする。周りで、いろんなものが踊っている。身悶えしたら、覆いからも椅子からも自由になり、また充秀はふらふらとさまよい歩くことになる。いろんなドアが開く。いろんなものがいる。

「充秀さん、ここよ」

「どこだ亜寿子」

「あなたの後ろ」

あれはなんだったんだ。妙に人間ぽい豚や蛇。人の死体を貪《むさぼ》り食ってた猛禽《もうきん》。魚と鳥が混ざった生き物にまたがる、人と魚が混ざった化け物。

そうだ、それらはすべて、黒井さんが描いてくれた地獄の絵に違いない。ぼくの絵の師匠は黒井さんだったのか。あれらもぼくが描きたい。

今なら、もっと上手に描ける。だめだ、あいつらが襲いかかってきた。大事な右手を食べられてる。亜寿子の声がしても、亜寿子とは限らない。化け物が、亜寿子の声色を使っている可能性だってある。

「まさか、さっきの化け物達は黒井さんか。いや、違う。あの化け物はミサちゃんだ。ぼくの黒井さんじゃない。助けて、黒井さん」

充秀は、自分を貪る化け物達を引きずりながら逃げ回る。生きながら食べられる。そうなのか。

「もしかして、ぼくはもう死んでいるのか」

死の臭いが充満する部屋に、現地ホテルのスタッフ、警官、そしてぼんやりと話の内容からわかった、日本大使館の職員らしき日本人と現地人。

彼らはまったく迷わず、まっすぐここに来られるんだ。それが充秀は、忌々《いまいま》しい。

「うわ、臭いな」

露骨に騒いでいる。失礼だな。仕方ないだろ。ぼくら病人なんだ。トイレにも行けないんだ。吐いたものも始末できないんだ。

「うわ、こりゃきつい。まだ若いんだろうに。年齢すらわからなくなってる。髪と着ているもので、女だとはわかるけど」

誰のことだ。亜寿子じゃないよな。まさか黒井さんか。朦朧《もうろう》とする充秀の耳元で、亜寿子とミサちゃんの動く気配がする。

「ミサちゃん助けて。ねぇ、さっきのお化けはミサちゃんじゃないよね。あれは黒井さんでしょう。私のミサちゃんじゃない」

なんだよ亜寿子、お互いに怖いものを押し付け合っているのか。そんなのないよな、ぼくら愛し合って信じ合ってる夫婦なのに。

「あの死体は奥さんか。三日は経っているようだ」

えっ、やっぱり亜寿子のことか。死体ってなんだ。充秀は次々とみんなにすがりつくが、誰も気にしない。

「三日経っているって、いつからなんだよ」

叫んでも、聞いてもらえない。いつの間にか充秀は、床に仰向けになっている。魔法陣の中だ。

ふわり、黒井さんがまたいでいった。

「旦那さんの方は……とりあえず息はある。意識はないか、混濁《こんだく》している」

ぼくは、生きている。あんた達の会話、ほとんどわかっているよ。充秀はかすかにまだ、この世に残っている。

「とりあえず、男性の方は病院へ運びましょう」

ぼくを連れて行くのか。亜寿子は。離れたくない。

「こっちもかなり厳しい状況だな、これは」

今頃になって、いろいろとわかってくる。あれは、僕が描いた絵じゃなくて本物だった。亜寿子はすでに死んでいた。

死んだ亜寿子を描いたのは、やっぱりぼく。

「坊ちゃん、亜寿子さんはあなたの中にいるの」

黒井さんの声だ。どこにいるんだ。姿を見せてよ。

ふと現実に戻り、不意に夢の世界に沈み、無明《むみょう》の異界に溶け込む。椅子に縛られ、床に寝かされ、覆いをかぶせられ、裸にされ、パジャマを着せられ、といろいろ目まぐるしく体を動かされ、年齢も今と幼い頃を行き来する。

途切れ途切れの光景と、充秀の頭越しの会話でわかったのは、二人は高山病ではなく熱病のマラリアにかかっていたことだ。

アフリカで蚊に刺されたとき感染し、潜伏期間中に南米に移り、そこが高地だったから高山病と勘違いしてしまったのだ。

「早くに気づいて、病院に行ってれば」

という声が聞こえた。黒井さんの声だ。どうしようもない。

充秀を取り巻く現実では、先に亜寿子が亡くなり、充秀も重症から重体に陥ったので連絡もできず、ただ死を待っていたのだった。

「亜寿子さんは、ここではない施設の安置所に連れて行かれるの」

黒井さんが、優しく頭を撫でてくれている。

「黒井さん。でも、それは亜寿子の抜け殻だよね」

「抜け殻といえば、そうね」

本物の亜寿子は、どこかのドアの向こうにいる。彼女の背後には、素敵な地の果てが広がっている。黒井さんが、やってきたところだ。そして、帰っていくところ。

「死ぬのは怖くない。死ななければ、そのドアは開けられないもの」

そうして、これも充秀はわかっている。二人のいろいろな成就は、死後にあるのだと。

小沼《おぬま》夫妻の旅行記は、死後に出版されるのだ。最期まで人生を楽しみ、真剣に模索し、懸命に生き抜いた普通の二人。

「充秀さん、あなたはいつ頃から気づいたのかな。気づかないふりをしていただけで、もうわかっていたよね」

だけど二人は、実はあの有名な画家と女優の子ども達だった。それを隠して、ただの二人として世界一周に挑んだ。素敵な結末。でも、もうそれはない。

「ああ、それより」

充秀は叫ぶ。途中からわかりだした、というより、思い出したことがある。

あの悪夢の正体。母は父の度重なる浮気で心を病み、息子を魔女に捧げる生贄《いけにえ》にして、夫の愛を取り戻そうなどと考えた。

あの病院は、幽閉した充秀の母のための部屋。

黒井さんは、母を看病しつつ演技に付き合ってなだめる役柄を担った一種の介護士。そして、魔女。黒井さんは母の調子に合わせ、魔法をかける演技をしていた。

「ママは忘れたふりをしている。ぼくを生贄に捧げていた時期を」

「そうよ。魔法陣を描いた床に、あなたは寝かされていた」

母の心の病気が次第によくなってきて、充秀は生贄にされる儀式は免れるようになったけど、母の介護は続いた。その間、充秀もまた黒井さんに預けられ、心の治療を受けた。悪夢を忘れる治療。しかし、悪夢は根付いた。

充秀自身が、どこかで悪夢をなつかしく心地よいものとしてしまったからだ。

「あの部屋で生贄にされ、隔離もされた。だからぼくは、あの頃の記憶が途切れ途切れだ。きっとママもなんだろうな」

いつしか充秀は小さな頃のように、顔を覆われて椅子に座らされている。なつかしい悪臭。死者の放つ臭いと空気。

「自分のことは思い出したようだから、亜寿子さんの話をしてあげるわ」

ぐらり、世界が揺らいで今度は床に仰向けになっている。熱病が暴れ回る。歯の根が合わないほどに、震える。

「亜寿子さんは、いったん小学生の頃に亡くなってるの」

「やだよ」

聞きたくないことを、いきなりいわれた。

「楽しい夢を見させて。ぼくは画家として、亜寿子は魅力的な被写体として世に出て、残る。籍も入れてないし挙式もしてないけど、夫婦として扱われるだろう。恋も仕事もこれで完成だ」

「正確には、お母さんに殺されている」

さっきから黒井さんは、何をいってるんだろう。聞こえてはいるけど、意味がわからないし。返事をしたくない。

「亜寿子さんのお母さんは、ある男性と浮気をしてしまってね、それで身ごもるの。お母さんは夫の子だと信じて産んだけど、どうも浮気相手の子らしいとわかって。

悩んだ末に、療養していた実家で殺してしまった」

可哀想すぎるよ、亜寿子。二度も死ぬなんて。あ、でも最初に死んだままだった方がよかったのか。生まれてきちゃいけない子なんて、いないけど。

「それを、お祖父さんがなんとかしようとしたのね。元々そういう研究をしていたんだけど、さらにのめり込んだ。そのとき、私を召喚することができたの。

呼ばれたら、手伝うしかなかったわ」

ああ、それはなんとなくわかった。やっぱり黒井さんは魔女だったんだ。

亜寿子のお祖父さんによって、魔女が召喚された。ちゃんとした医療の蘇生《そせい》ではなく、黒魔術による死者を蘇《よみがえ》らせる行為なんて、完全に悪魔の所業だ。

「お祖父さんは孫の亜寿子さんの遺体を保存して、生き返らせようとしたの」

あの子はとっても素敵な普通の子だった。そんなはずあるか。いや、あるんだな。

「私が、亜寿子さんのお祖父さんと一緒に亜寿子さんを生き返らせた。亜寿子さんのお母さんは、まずは殺した時点で心が壊れてしまっていたけど」

エコエコアザラク。つぶやいてみる。何も、変わりない。

「普通の病院に亜寿子さんを連れていって、大掛かりな手術と治療をしたら治って生き返った、というふうにしたの。

お母さんも信じるようになったし、真相を知る家族もそういうことにした」

なんなんだ、この話。亜寿子は小さい頃に死んでいた。それを祖父と黒井さんの魔術で生き返らされた。

「じゃあ、ぼくと恋をした亜寿子は生きた死人だったのか。もともと生きてはいない、死んだまま生きている人だったのか。

そんなひどい素敵な魔法、あるのか」

「しばらくは、私が生き返った亜寿子さんの様子を見なきゃならない。お母さんが亜寿子さんをたびたび実家に連れ帰ったのは、そういうことよ。

私の特別な手当て、事後のケアってやつが必要だったの」

充秀はいよいよ、自分がこの世から離れつつあるのを感じる。亜寿子はすでに、はるか遠くに行ってしまっているのも。

「亜寿子さんのケアだけじゃない。お母さんのそれも必要だった。実はこちらの方が大変なのよ。記憶を書き換えるってね。生き返らせる方が楽かも」

そこで黒井さんは、小さく笑う。母もそんな笑い方をした。

「まぁ、そのような縁があって私はあなたのお父さんにも頼まれてしまった。あなたのお母さんも、おかしくなっていたんだもの。

気の毒な、両方の子どもの面倒をも見ることになったの。そう。私は黒井さんでミサちゃん。黒井ミサよ」

しかし黒井ミサは、まったく年を取ってない。セーラー服が可愛い十代のままだ。それはそうだろう、魔女なのだから。

「死体の亜寿子さん。まだ分離しなくて、あの世にも行けずこの世にもふわふわとしかとどまれない、魂だけの亜寿子さん。

走り回る魂だけの亜寿子さんが、研究室に迷い込んだとき、自分の死体を一度見ているわ。でも、それは封印したのね」

亜寿子の母親もまた、暗すぎる過去を封印した。ミサちゃんの魔術の薬によって、すべての記憶は書き換えられた。

「あなたのお母さんも、亜寿子さんがもしかしたら夫の子かもしれないというのでおかしくなって。まずは、あなたを生贄にしようと殺しかけたのよ。

でも、あなたは死ななかった。でも、治療は必要だった。世間から隠すことも。私があなたのお父さんに頼まれたのは、とにかく記憶の封印よ。

お母さんはもう、ほとんど忘れている。息子を虐待したのも、病弱な息子の治療くらいに思っているんでしょ。

だけどやっぱり、忘れきってないから私の存在はなかったことにするのね。私はちゃんと、ここにいるわ」

秘密を知る亜寿子の祖父母も、もういない。姉二人は何も知らない。亜寿子の父は薄々いろんなことを知っているけれど、平穏な暮らしのために黙り続ける。

それにしても、孫を生き返らせた亜寿子のお祖父さん自身は、とっとと成仏しているのか。自分もよみがえろうとはしないなんて、いい気なもんだ。充秀は、悪態をつく。ふと、どこかのドアの向こうに亜寿子の祖父がいた気もした。

小さな、いやらしい物の怪《もののけ》になっていたと思う。それでいいんじゃないか。

「亜寿子の本当の父親って、ぼくの父親なの」

もうわかっていたけれど、聞きたくないしいいたくないことを口にした瞬間、いつの間にか充秀の手を取っていた医者がため息をついた。

目を開いて小さなライトをかざし、瞳孔の具合を見ている。

黒井さんがセーラー服から看護師の制服になって、充秀を見降ろしている。さっきの質問には、答えない。

これって魔女の思いやりなのか。あまり意味のない思いやりじゃないか。

「ぼく、死ぬんだね」

「私がついてますよ。だから、怖がらないで」

これは本当に、思いやりってやつだな。最後の最期に、あの頃の黒井さんが現れた。ぼくをすべて食べつくす。すべて見透かす黒井さん。

「まぁ、長年引っかかってたことが最後にわかって良かったよ。あの医院はやっぱり、あったんだ。いやしかし、黒井さんより魔女だね、両方の母親は」

「あなたはお母さんの小さな神様で……悪魔だった」

もう充秀は死んでしまったので、かえって楽に黒井さんとしゃべれる。

「もともと愛し合ってはいけない二人、出会ってはいけない二人だったのか。いやだな、違うといってよ。会うべくして会ったんだ」

子どもの頃に死んだままだった方が、亜寿子は幸せだったのか。聞こうとしたとき、もう黒井さんはいなくなっていた。

「最後に教えてほしかったな。黒井さんの目的ってなんなんだよ。何がしたくて、なんのために君は魔女として生きているの」

破り捨てたはずの、充秀が描いた黒井さんの顔。風がすべて運んできて空中でつなぎあわせ、元通りにする。最初に描いた、悲しげな顔。

「君の目的、人助けじゃないよね。でも、人を破滅させたがっているとも思えない」

「結果を知りたい、のかな」

絵の中の黒井さんが、答えてくれる。

「破滅の結果か」

「違うわ。結果は必ずあるけど、私にもすべて予測はつかない。これをこうしたらどうなるか、自分の魔術を試して結果を知りたいの」

やっぱり、冷酷だなと苦笑してしまう。けれど黒井さんは、自分に忠実に、そして実験台として扱う人に対しても、誠実ではある。愛、みたいなものもある。

「譬《たと》えは悪いけど、医者が自分の腕試しをしたいだけで未知の手術に挑んだり、発明家や科学者が早く自分が正しい、これは大発明だと知りたいだけで、平気で人体実験をしてしまうような、って感じかな、私の場合」

合わせ鏡のように、いろんなドアが浮かんで並ぶ。すべてが開き、閉じる。充秀が描いたんじゃない亜寿子の腐乱死体が、無限に増えていく。

地の果てまでを目指して。

「いや、違うよ。黒井さんじゃなく、亜寿子を探そう」

かすかに、声にもならない声が届いた。エコエコアザラク。

「やっと死ねたんだね。亜寿子」

二人だけの楽園を目指そう。亜寿子、どこにいる。水槽の中に横たわる、幼いずたずたの亜寿子が、ちらりと見えた。

※

暗い森のような敷地内にある、亜寿子の母の実家。およそ二十年前。

研究室と呼ばれた、祖父の離れ座敷。黒いセーラー服姿で現れた黒井ミサは、自分を呼びだした老人にまずは未来を映し出す水晶玉を見せた。

「お孫さんを生き返らせた場合、亜寿子ちゃんはこのように成長し、このように愛し合ってはいけない人と出会い、このような最期を遂げます」

水晶玉には未来の情景だけでなく、背後の水槽も映り込んでいる。ずたずたに引き裂かれた幼い女の子の遺体が、生ぬるい液体に浮かんでいる。

「いいよ。生き返らせてくれ。わしもあんたと同類でな。結果を見たいんだ。結果を見る前に、わしは死ぬとしてもな」

「わかりました。では、生き返らせましょう。エコエコアザラク」

居すわる母

「なんか変だよ、そのオバサン」

原西留利子《はらにしるりこ》はいつからか一日に五回、いや、最近は十回くらい曽場俊博《そばとしひろ》に向かってこういっている。

自分でもいい加減、うんざりする。いってるときの自分が、どんな険しい顔をしているかわかるし。何度も何度も、同じことをいいたくない。

俊博の返事だって、いつも同じなのもわかっている。でも、いわずにいられない。

「変といわれるのはまあ、自分でもわかるよ」

「変なのは俊博くんじゃなくて、そのオバサンだってば」

「あ〜、お義母《かあ》さんね。連絡取り合ってるの、そんな変かな」

高校生の頃から、もう十年くらい彼を俊博くんと呼んでいる。十年の間、俊博の生活や環境は大きく変わったが、よくいえば優しい、悪くいえば押しに弱い性格は変わらない。今は、悪い方が全面的に出てきている。

「義理とはいえ、ぼくの母ってことになるし」

こちらもよくいえばはきはきしている、悪くいえばずけずけものをいう留利子の性質も変わりないが、同じく悪い方が前面に押し出されてきていた。

「あのさぁ。これも繰り返しになるけど、どこから見ても誰に聞いても、あのオバサンはあなたのお義母さんじゃないよ」

「いやぁ、ずっとお義母さんと呼んできたし」

俊博は留利子と違い、感情的にいい返したりしない。粗暴な態度で脅すとか、絶対にない。滅多《めった》に、人の悪口もいわない。

だけど、都合が悪くなると黙り込み、ひたすら逃げの姿勢を取る。それでいて、のらりくらり、妙なところで頑固だ。

「その関係、私だけじゃなく、誰に聞いても変だというよ」

俊博とは、高校時代から付き合い始めた。最初はただのクラスメイトだった。いつしか同じ大学に行こうと約束する仲になり、恋人同士になった。

結局、留利子は女子ばかりの短大を出て、会社勤めをしている。大企業でも高給でもないが、地元では堅実な会社として知られていた。

留利子は見た目も性格もいかにも、そういう会社で真面目に明るく勤めていそうな普通の良いお嬢さん、という感じだった。

「別にぼく、人のために生きてないし」

あの頃からずっと、ふてくされているとも落ち着いているとも見える俊博は浪人もしたが、大学進学は諦めた。以来、ずっと短期のバイトを転々としてきた。

警備員の仕事を始めてからは、最長記録で五年くらい続いている。

ちょっと前まではいかにも無職、フリーター、といった雰囲気を漂わせていたが、このところきりっとした顔つきになって体も引きしまってきたと惚《ほ》れ直していたのに。

「私のために生きてよ」

三十を目前にし、そろそろ結婚したいと前のめりになったのは留利子だ。口うるさい親元を出て、俊博とのびのび暮らしたかった。

「うーん、そうだなぁ」

俊博はさほど、結婚に積極的ではない。もう少し先でもいいだろ、まだ早いんじゃないか、みたいな態度を何年も続けている。

事実上、留利子からのプロポーズを完全にではないが、いったん断った形だ。

「このままもうちょっと、お互いに自由でもいいんじゃないかな」

「結婚しても、自由はあるわ」

「逆に、今の生活に不自由はないだろ」

「ねぇ、もしかして私と別れたいとまではいかなくても、強く一緒にいたいって気持ちもないわけ」

「いや、留利子が一番好きなんだけど、なんていうか、その〜」

確かに、二人の結婚は両家が揃《そろ》って賛成、周りの親戚、友人知人に同僚もみんな祝福、とはいかない事情もあった。主に俊博の側にだ。

かつて俊博の親は食堂を経営し、地元ではかなり繁盛していた。それが俊博が高校を出る頃に閉店し、父親は破産宣告も受けている。

彼が大学進学を諦めたのは、それも大きな理由だった。

俊博の親はそのとき離婚もし、まだ幼かった俊博の弟二人は母が連れ、実家に戻った。俊博は父の家にしばらくいたが、近隣で一人暮らしをするようになった。

父と暮らせなくなったのは、すぐに後妻と称する女が入り込んできたからだ。

それこそが、彼がお義母さんと呼ぶ女だ。落塚元子《おちづかもとこ》と名乗る後妻は、当時十歳の茜里《あかり》という女の子を連れてきた。借金問題などで籍は入れなかったが、後妻として振る舞った。

俊博も次第に事情がわかってくるというより、子どもの頃から派手な夫婦喧嘩《ふうふげんか》を繰り返す親を見て、だいたいのことは最初から把握していたという。

「あの頃、周りにはまともな大人ってのが一人もいない感じだったな」

まさに仕事人間、生真面目で遊びを知らなかった父が、商店街の付き合いでとあるキャバレーに行き、ホステスだった元子に夢中になった。

食堂の売り上げだけでなく必要経費まで使い込んで通いつめ、ついに元子と愛人関係になり、子どもまで生ませてしまう。

それが茜里だ。つまり茜里は元子の単なる連れ子でなく、俊博と血のつながった腹違いの妹なのだった。

「茜里の存在を知ったときは、ショックはショックだったけどね。生まれてくる子に罪はないからさ。妹には違いないし」

ともあれ俊博の親の食堂が潰れたのも、親が離婚したのも、一家離散も、すべてとはいわなくてもだいたいが元子のせいなのだ。

大学進学を諦めたのも、彼の学力不足があるとしても、元子のせいだといえなくはない。元子がいなければ、学費の高い私大には行けたのだ。

俊博の母は殺してやりたいほど元夫の愛人である元子が憎かったはずだが、俊博の弟達を連れて実家に戻ると、常に鬼の形相で夫婦喧嘩を繰り広げていたのが嘘《うそ》だったかのように落ち着き、穏やかな顔で静かに暮らすようになったそうだ。

「今じゃ、もっともまともな大人になってるね、母親が」

留利子は以前は何度か、俊博の親にも会ったことはあった。どちらも穏やかで真面目そうで、いかにも俊博の親という感じだった。

修羅場を演じる両親の姿は、想像できない。あの頃はまだ留利子の親も、俊博との交際に反対などしていなかったし、俊博にも会って良い子だと誉《ほ》めてもいた。

俊博の家がおかしくなってからは、互いの両親にも会わなくなった。もし元子が登場しなければ、両家に祝福されて結婚できたのに。

留利子は元子が、はっきりと憎い。明確に、敵だと思う。

俊博の父はしばらく元子と娘とまずまず幸せそうに暮らしていたが、急激に衰弱していき、あっけなく亡くなった。

身内のみの葬儀に、元子は参列しなかった。体調が悪いと、家で寝ていた。俊博と弟達、そして腹違いの妹だけで見送った。

近所周りの噂《うわさ》では、その時間帯に平然と駅前商店街でパチンコに興じていたそうだ。

「会ってみると、腹違いの妹は可愛《かわい》いなと思ったよ」

食堂の建物はとうに人手に渡っていたが、俊博の生まれ育った家も競売《けいばい》にかけられた。母はひっそりと弟達との生活に戻り、俊博もこのまま一人で暮らすことを選んだ。

「お義母さんも、可愛がってはくれたんだよ。気まぐれだったけどね」

後妻とその娘もまた、どこへともなく出ていったと俊博に聞いていたが。まさか、連絡を取り続けていたなんて。いや、連絡どころか、という話だ。

「徹々たるものだけど、家賃や生活費の援助をしてあげている」

これには、怒りや不満などを通り越してあっけにとられた。もらう方もおかしい。

「冗談でしょ。実の母にもしてあげないのに」

私だって、そんな高いプレゼントもらってないよね。とはいわずにおく。

「実の母のとこには、ぼくなんかよりずっとしっかりした弟達がいる。どっちもきちんと就職して、家にがっつり生活費も入れてるから」

腹違いの妹はさておき、その元子という女が、どんどん留利子の中では得体の知れない不気味な存在に膨らんでいく。

ふと、すごい美人なのかとも思ったが、そうだとしても二十以上も年上の女だ。そんな気持ちになるものだろうか。

もしかして、俊博は妹が目当てか。

変な意味ではなく、俊博は男兄弟ばかりだったから、複雑な関係や心境はあるにしても、妹が本当に可愛いのはわかる。しかし、それは彼本人には聞きにくかった。

「母親は、父親の悪口は止まらなくなる。何十年も前のことを、昨日のことみたいに思い出しては怒りだす」

なのに俊博の母親は、今では彼がいうところのお義母さんについては、いっさい語らないらしい。俊博によく似た、可愛らしい雰囲気のお母さん。胸が痛む。こちらこそ、留利子がお義母さんと呼びたい相手なのだ。

「私、それをあなたのお母さんってプライドが高いんだな、くらいに思ってた。自分があんな女に負けたと認めたくないんだなーって」

もちろん許したのでも関心がなくなったのでもなく、明らかに意識して話題にするのを避けているそうだ。

「本妻のプライドなんじゃないの」

「なんか違うね。俊博くんのお母さんも、あの変なオバサンが恐怖の対象だったんだ。さわらぬ神に祟《たた》りなし、ってやつ。君子危うきに近よらず、かな」

留利子にとって俊博のお義母さんは、派手な真っ赤な炎を吹き出す怪獣ではなく、じんわりと薄墨色の靄《もや》を広げてくる妖怪といった感じだ。

そういう奴《やつ》の方が、手強《てごわ》かったりする。倒し方がわからないからだ。

「ん〜、縁が切れてさっぱりしたんじゃないの、うちのオカンも」

「違う違う、怖いんだってば」

そういう俊博も、以前からほとんど父の後妻になった女の悪口はいわなかった。もともと彼はよくいえばおっとり、悪くいえばぼうっとしていて、誰かを強く憎んだり嫌ったりしないし、自己主張も乏しかった。

留利子は、ぐいぐい迫ってきて俺について来いと威張る男より、俊博のように控えめに待っていてくれ、自分についてきてくれる男の方が好きなのだ。

※

何度目かの、ため息をつく。目の前のコーヒーが、そのたびに冷えていく。

「今はそれでいいと思うわ、留利子さん」

「ミサちゃんだけよ、そういってくれるの」

初めてここに来たのは、もう半年くらい前になるだろうか。俊博との約束の時間を勘違いして早く来すぎてしまい、コーヒーでも飲もうとたまたま入った喫茶店。

会社からも自宅からも、とても近いということもない。普段はあまり来ない方面にある店だ。この町に来るのは、この喫茶店のためだけといってもいい。

あのとき約束の時間を間違えなければ、永遠に入ることはなかった店。ミサも、本来は会うことはなかった人だ。

カフェというより、昔ながらの喫茶店だった。掃除も行き届いて窓も大きいのに、なぜか暗さと空気の澱《よど》みを漂わせている。

そこのウェイトレスが、今日もそれでいいといってくれた。いつの間にか、いつも一人でいるこのウェイトレスとは、名前で呼び合うようになっていた。

「お二人の相性は、本来とてもいいから」

どこにでもある、平凡な地方都市の商店街。地元の客だけを相手にし、親や自分が持っている家に住んでいるので、どうにか経営も続いているような店ばかりなのだが、この喫茶店もそんな感じだった。

「今は、なのね」

「どうにもならない生まれたときからの宿命と違って、運命というものは変動していくものだし、ある程度はコントロールできるものなんですよ」

小さなテーブル三つと、五人くらい並べば一杯になってしまうカウンター。トーストにサンドイッチといった軽食もあり、奥の狭い厨房《ちゆうぼう》でミサが作っているようだ。特別に美味《おい》しくもないが、不味《まず》くもない。値段から見ても、まぁ無難な出来栄えだ。

黒井《くろい》ミサというウェイトレスは、いつも黒いセーラー服の上にエプロンをつけている。なのに、高校生ではないようだった。

「一応、平成の生まれってことにしておいてください」

肌の艶《つや》、まだ幼いところがある体つきなどは十代のそれだが、ふとした拍子に見せる表情や語る言葉などが大人びていた。たまに、留利子より長く生きているんじゃないかというようなことをいったりする。

なのにミサは、美少女なのだった。美人、美女ではなく、美少女という呼称が相応《ふさわ》しい。今若々しいというより、時空を超えて永遠に若い気がする。

「高校は、行ったり行かなかったりです」

「でも、セーラー制服を着てるのね」

「これしか、服を持ってないから。ってことにしておきましょう」

「永遠に歳を取らない美少女、だからかな」

「ありがとうございます。本当に永遠に高校生なので」

ミサのしゃべることは、どこまでが本当でどこまでが冗談なのかがわかりにくい。ただ、意識して嘘はついてないようだ。

ここの経営者はミサの伯母さんだというが、その人を一度も見たことがなかった。いつも店員はミサだけだ。客も、滅多にいない。

いたとしても、留利子としゃべったりはしない。彼らはミサとも親しいようには見えず、ひっそりと来てひっそりと去る。

ふと、たまにいる客はみんな喫茶店の軽食とコーヒー代にしては多めのお金を払っているな、と不思議だったが。それは後から、意味がわかる。

何がきっかけでミサとしゃべるようになったかといえば、俊博と電話していてちょっといい争いになり、かっとなった留利子が嘘つき、と罵《ののし》ってからだ。

妙な落ち着き、居心地の良さに惹《ひ》かれて店に来るようになって、三度目くらいか。

電話を切った後、初めてカウンターの中のミサが話しかけてきた。

「あなたのお相手は、嘘をついてません」

静かで、強い響きがあった。見つめてくる瞳にも、力があった。

「なんでわかるの」

「私は、そういうのがわかるんです。魔女だから」

その日から、留利子はミサに自分のことを語るようになった。ミサは自分について、まったくといっていいほど語らない。

「魔女。それが私のすべてです」

ミサは明らかに自分より若いのに、いろいろと聞いてもらえるだけで留利子は納得できて落ち着く。そのミサが、俊博の気持ちは本当だというのだ。

「ただ、そのお義母さんがなんだか嫌な人ですね」

ミサも、話を聞いただけでそう断言した。留利子もまだ、元子に会ったことはない。なのにミサには、顔や雰囲気などもだいたいわかるという。

先日はついにミサが、カウンターの下から水晶玉を取りだした。ミサと水晶玉。その取り合わせは、異様なほどにしっくりと似合っていた。

エコエコアザラク、不思議な呪文の後に、ミサは威厳ある魔女の表情で告げた。

「色白で、ふっくら体型。丸顔だけど愛嬌《あいきょう》よりも険がある感じ。若いときは美人だったろうなと思わせますね。ぱっとすぐに気の強さがわかるんじゃなく、じんわりと伝わってくる。正業に就いたことはない」

カウンター越しに向かい合う留利子には、真ん中にある水晶玉はただ透き通っているだけだったが、ミサは反対側からそこに様々な影や形を見ていた。

「あと茜里さん以外にも、子ども産んでますね」

まだ何も結果が出ていないときに留利子は、

「すべて当たっているわ」

小さく叫んでしまった。ミサは占いでもお金を取っていて、喫茶店としてよりもそちらの収入の方が多いらしい。

「見料《けんりょう》は、払いたいだけの額でいいです。定額はありません」

たまにいる客は、そっちの客だったか。

いつの間にかまた一人、客が入ってきていた。留利子より一回りほど上のようだが、ギャルっぽい派手な格好と化粧だった。

妙に目のぎょろっとした、なんとなくカエルを思わせる女。どこかで見た気がする。どこだろう。

知り合いだったか。まさか芸能人。

美人といっていえなくもないのに、表情に異様な険しさがあった。ぎろぎろと、留利子をにらみつけてくる。知らん顔をするしかない。

ミサが留利子の占いをしているから、こちらに来てくれない。そのいら立ちを隠さない彼女だが、しっかり順番は守らなきゃならない、というのも心得ているのか。

ともあれ結果、お義母さんさえいなければ俊博とはうまくいく、といわれた。

「今の状況は、なんとも受け入れがたいのよ」

留利子は、身を乗り出す。

「お義母さんってのを遠ざけるのは、簡単なようで難しいです」

これもミサは、水晶玉を見て眉をひそめた。

「元子さん、ですか。このお義母さん、ものすごく黒いものを背負ってますね。なのに本人は、まったくそれがへっちゃらのようで」

ふと、水晶玉の中に黒々とした眼球が浮かび、留利子をにらみつけた。気のせいだと胸の鼓動を抑えながらも、元子だとわかった。

「ミサさんが怖いっていうと、それだけで怖いわ」

「でも、今現在の俊博さん自身は上向いてるみたいですね」

これも、ミサのいう通りだった。まず俊博は、ちょっと金も溜《た》まったし職場でも責任ある立場をまかされたと喜ばしいことをいい、今まで住んでいた老朽化した木造の六畳二間のアパートを出て、しゃれた新築のワンルームに引っ越したのだ。

ワンルームといってもロフトがついていて、二人で暮らすには手頃な感じだ。日当たりもよく、駅やスーパーなどにも近いという。

てっきり、結婚して二人で暮らすのだと期待したのに。新しいカーテンや寝具、家具のことを真剣に考えたのに。

何より俊博と二人、ロフトに敷いたマットレスで抱き合って寝るのを思い描き、すでに自分の家になったような気分を味わっていた。

そこでミサは、例のカエルっぽい女の方に近づいていった。

「あらぁ、またやっちゃったのね」

ミサがそう声をかけると、カエルっぽい女はさらに目玉を突き出し、ダン、とテーブルを叩《たた》いた。

さらに目玉が突き出た。

「また、あたしをだましやがって。許せない」

まだそこにある水晶玉に、さっきとは違う目玉が映った。その目玉は、カエルっぽい女を確かに突き刺すような力で追っていた。

※

「今日、あなたんちに泊まりたい」

あれは、一週間ほど前だったか。例によって結婚の具体的な話も進まず、新しい自宅にもなかなか呼んでくれない俊博に強硬な態度を示すため、迫ったら。

「ごめん、ちょっと今は無理」

即座にぴしゃっと断られてしまった。一瞬も、迷う様子を見せなかった。

「えっ、どうして」

断った後はもごもごと口ごもりながら、とんでもないことをいった。

「妹がいるから」

留利子は唖然《あぜん》、とした。

「なにそれ」

安くておいしい、二人の気に入りの食堂。久しぶりの楽しい二人のひととき、だったはずなのに。悲鳴のような声が出た。何人かが、振り返った。

とりあえず、声は抑えたが。今目の前にいる人が長く付き合っている恋人ではなく、まったく見知らぬ人に思えた。

「いったろ、茜里。今、うちにいるんだ」

いったいこの人は、何を考えてるの。いや、何も考えてないのか。

なのにどこか留利子は冷静に、これを早くミサに伝えたい、とも思っていた。

「あの子、お義母さんとうまくいってないんだ。今、茜里はお義母さんと二人で暮らしてるけど、干渉っていうのか束縛がすごいって」

元子に会ったことはないが、そしてうまく言葉にもできなかったが、干渉でも束縛でもないような気がした。

何かもっと禍々《まがまが》しく濃厚なものだ。呪縛とか、捕縛とか、捕虜とか。

「だから逃げて、ぼくんとこに来た」

なのに俊博は、微笑《ほほえ》みすら浮かべている。これは優しい兄の微笑みなのか。それとも違う種類の頬《ほお》のゆるみ、なのか。

「お兄ちゃんとこが落ち着くってさ。久しぶりに熟睡できたそうだよ」

「そ、そうなの、大変ね」

もはや怒る、問いただす、という気分ではなくなっていた。思わず、グラスワインなど頼んでしまう。でも、気持ちよい酔いは回らないだろう。

俊博はいつだって真面目で、思いやりがある。ただ、真面目にずれたことをやり、思いやりで人を困らせるだけで。

留利子としても、俊博の家庭を壊した後妻、いや、かなり前から彼はお義母さんと呼んでいたが、元子には嫌な感じしかなかった。

とはいえその娘には、何の罪もない。それは理屈でもわかるし、俊博と血がつながっていることは無視できない。

関係ない赤の他人だと、茜里もばっさり切っては捨てられない。

結婚となればいずれ、留利子の義妹にもなるのだ。彼の身内とは、うまくやりたい。彼のお義母さんとやらは、赤の他人として切り捨てたいが。

「茜里ちゃんって、働いてはいないの」

「高校出て勤めはしたけど、なんだかんだでお義母さんの心配や文句がうるさくて、長続きしないみたい。それはぼくもそんな感じだったから、同情したくなる」

「私も同情したくなるわ。茜里ちゃんも被害者の一人ではあるしね」

加害者はもちろん、元子。それははっきりとはいわなかった。嫌味《いやみ》、皮肉として効いてほしいからだ。だが、俊博には伝わらなかったようだ。

「繊細で生真面目で、要領よく世の中を渡っていけない可哀想《かわいそう》な子なんだ。そう、何かの被害者だ。ぼくが助けてやらなきゃ」

ただの甘えん坊の怠け者なんじゃないの。ぐっとこらえる。留利子のずけずけものをいう癖は、元子の登場から抑えられてきた。

なんとなく、俊博が今まで見たことがない逆切れを見せそうで怖いのだ。

「茜里が落ち着いたら、安くていい部屋を借りて、自活できるよう手助けしてやるつもりでいる。お義母さんも、そう頼んできたし」

彼は、そんなふうにもいった。こうなるともう、ひとまず引いて見守るしかない。

俊博は本当に、いったんいい出したら聞かない。それが攻撃的な頑固さではなく、頑《かたく》なな独りよがりでもなく、とことん穏やかな一徹ぶりなのだ。

「ねぇ俊博くん、自分がおかしいと思わないの」

などと食い下がっても、思わないよ、の一言で流される。

絶望だわ、とつぶやきながらわざとらしく顔をあげてそらしたとき、店内のテレビが目に入った。

画面いっぱいに、美人といっていえなくもないが、険しいカエルっぽい女が大きく映っている。

「あ、この人」

つぶやいた後に続けて、ミサの店にいた女だ。と、口に出しかけた。

ミサの店について、まだ俊博にいってない。なぜか、いえないのだ。

あそこは一人でももやもやした気持ちを抱えて行くところで、彼氏とまったりしに行くところではない、と留利子の中に妙な規制があった。

留利子のつぶやきに、俊博もテレビを見上げた。

「真浜《まはま》さつきだ」

「あ、それだ」

束《つか》の間《ま》、今までのどんよりしていた気分が飛んだ。先日、ミサの店で会った女。どこかで見たことあるような、と見ていたのだが。思い出した。

タレントだった。いや、元タレントというべきか。

以前もドラマの端役や、エロ系男性誌のグラビアなど出ていたそうだが、その頃のさつきはあまり印象にも記憶にも残ってない。

ある有名男性タレントがアイドル歌手との結婚を発表したとき、

「私はあの男性タレントに、二股をかけられていた」

などと騒ぎ出し、ワイドショーや普通の週刊誌でも取りあげられたのだ。

それで初めて真浜さつきというタレントがいるのを知った、という人も多かった。留利子と俊博も、その一人だ。

ともあれ、さつきは一時期はメジャーな露出を高め、その勢いに乗って次々に、

「私はあの俳優とも付き合っていた。あの歌手とも婚約までいった。あの政治家の愛人もしていた。まだまだある」

と、関係した芸能人有名人を次々に暴露していった。そのたびに話題にはなるが、次第にみんな飽きていった。あーあ、またかと流されるようになった。

さつきもネタが尽きてきて、最初のうちはみんな驚くような有名人を名指ししていたが、だんだんお相手の知名度が下がってきて、マイナーな芸人や自称タレント、誰だそれ、といったふうになっていったのだ。

本人はこれをステップに人気タレントになろうとしたようだが、自分自身もまた過去を暴かれることとなった。

離婚歴が何度もあり、最初の夫は強盗殺人で服役したことも、次の夫は反社会的組織の一員で、今は行方不明なことも暴かれ、元彼の結婚相手にひどい嫌がらせをして警察沙汰になっていたことも突きとめられた。

ここまで本人がダークな人となれば、とてもじゃないが地上波のテレビには出演させられないし、テレビカメラが入らないイベントでもイロモノ、キワモノとしてしか扱えないので、共演者が嫌が

る。

焦って、ブログなどで有名人に噛《か》みついたり、時事問題を過激な表現で批判したりしたが、まったく本人が望むような注目も炎上もなかった。

むしろ、可哀想な人のいうことだから無視しておこうという流れになった。

すっかり表舞台から去っていたさつきが久しぶりに出たということは、よっぽど大物との関係を暴露かと思ったら。

スーパーで弁当を万引きした、というなんとも物悲しい末路のニュースなのだった。

「あのときも、なんか様子がおかしかったもんね」

留利子は、つぶやく。ミサに何を相談していたのか。およその見当はつく。男絡み、そして逮捕されるかどうか。

水晶玉には、きっと恐ろしい破滅の影が出ていたはずだ。

「なんか、気が抜けちゃった。とりあえず仕事、がんばって」

「ああ。また連絡するよ」

今日は夜勤で、これから出勤だという俊博と別れ、もやもやとしたまま留利子はミサの喫茶店に行った。

いつもながら、ミサ一人だった。黒いセーラー服はどの闇よりも濃く、カウンターにもはや留利子が予約を入れていたかのように置かれた水晶玉は、どの水晶よりも透き通って冷ややかな光を放っていた。

コーヒーもおいしいし、居心地もいい。ミサもきれいで優しい。だけど客が少ないのは、なんとなくわかりかけてきていた。

ここで、真浜さつきの話は出さない。何かがためらわせた。

冷房を強く効かせなくても、ここはいつもひんやりとしている。きっと、満ち足りた人は避けたくなる何かがあるのだ。

カウンターでいつものように向かい合い、かいつまんで俊博とのやりとりを話し、

「彼の部屋を透視できるかしら」

と頼んでみた。コーヒーと水晶玉が、並んで置かれる。

「エコエコアザラク」

ミサの不思議な呪文の後、店内の照明がすべて消えた。真の闇に包まれ、なのに隣に真浜さつきが座っているのがわかった。

例のカエルを思わせるぎょろりとした目玉が、確かに留利子をにらみつけた。留利子の悲鳴で、照明がついた。

店内には、ミサと留利子しかいない。

「なんでしょうね。彼の部屋は、あんまり人がいる気配がないんですよ」

何事もなかったかのように、ミサは水晶玉をのぞき込む。

「俊博くんの気配もないの」

「ええ。部屋は冷えたまんま。すぐに住人が出ていくことになるのです」

相変わらず留利子には、水晶玉は透き通ったままにしか見えない。

「でも、確かにこのお義母さんとやらは、厄介ですね」

ミサにいわれると、本当に寒気がした。さっき隣にいたさつきの目の不吉な色もあいまって、鳥肌が立つ。

「ミサさんから見ても手強いんじゃ、私なんか太刀打ちできない」

「本当に、このお義母さんは手強いわ」

水晶玉に、ふっと灰色の風が流れるのが見えた。

「とにかく、近よらないことしか方法はないんだけど。留利子さんからすると、それはできないんですよね」

くすっ。誰もいない空間から、女の笑い声がした。

元子ではなく、さつきだ。隣の椅子から、生臭い血の臭いも立ちのぼった。それは確かに、さつきの血の臭いだった。

※

それから一週間が過ぎた。あっという間のような、どんより停滞しているような、暗い日々だった。

その間に真浜さつきが、出所後にストーカーとなった最初の夫に刺し殺された事件は、さすがに久しぶりに彼女が万引き事件より大きく取りあげられるニュースとなった。

けれどやっぱり、二日もすればテレビでは取りあげなくなり、週刊誌もスポーツ紙も一度限りの掲載だった。

一度、ミサの店で顔を合わせた程度の仲だったが、留利子の心は沈んだ。

「ミサちゃんのアドバイスを求めていったのに、聞かなかったのかな」

さつきの死んだ翌日にミサの店に行っても、それは話題にしなかった。ミサも予想通り、さつきの件に関しては何もいわなかった。

もし話題にしたら、またやって来そうではないか。さらに目玉は血走り、血の臭いは強くなっているだろう。それは勘弁してほしい。

「あらっ、今日はにぎやか……でもないか」

店内にはすでに、さつきくらいの年頃と思われる地方のヤンキー夫婦がいて、五人もの子ども達もテーブルについていた。

小太りの父親は、なんともいえない獣の臭気を発散している。小ぎれいな妻は、どうしようもない疲弊《ひへい》がべったりと全身に貼りついている。

彼らは異様にひっそりと大人しく、子ども達も行儀がいいのではなく覇気《はき》がない感じで、店内はかなりの人数がいるにもかかわらず、人の気配がなかった。

「あつい」

聞き間違いか。どの子かが、しゃべった気がした。

彼らのテーブルには飲み物だけでなく、タロットカードが広げてあった。一組のカードのはずなのに、一枚しかない死神のカードが七枚、つまり人数分が重なっていた。

まだ赤ちゃんといっていい可愛い男の子が、ぼんやり遠くを見ている母親ではなく、陰鬱《いんうつ》に煙草《たばこ》ばかり吸っている父親でもなく、しっかりした賢そうな一番上のお姉ちゃんに抱かれ、無心に指をしゃぶっている姿に胸を締めつけられた。

「あついよ」

今度は子どもの何人かが、そういった気がした。冷房はかなり効いている。暑い、ではなく、飲み物が熱い、といったのか。

でも、テーブルにあるのはすべてジュース、コーラ類だ。熱い飲み物はない。

嫌なものを見たし、聞いた気がした。見たけれど見なかったふりをして、聞いたけれど聞かなかったことにして、留利子はミサといつものようにカウンターに向かい合う。水晶玉はもう、用意されていた。

古風な木の台座に置かれた水晶玉に向かって、留利子は語りかけた。

「もう、どうしていいかわかんないわ」

俊博の腹違いの妹、茜里。自立して彼の部屋から出ていくどころか、

「お義母さんも一緒に暮らすことになった」

などと、俊博は打ち明けてきた。話し合いは、昨日のことだ。留利子はもう、ぽかーんとしてしまった。かすかに笑ってしまったほどだ。

「じゃあ、私が入ればワンルームに四人なの。無理ね。あ、私は最初から入れる気がなかったのかな」

元子の不気味さもさることながら、俊博自身がますます得体の知れない恐ろしいものに変貌していっている。

でも、手を取れば温かい。なつかしい匂いのする大事な彼だ。

「あのさぁ、妹さんは腹違いとはいえ、れっきとしたあなたの妹だよ。でも、その母親は赤の他人じゃないよ」

できるだけ冷静に、昨夜の留利子はいったはずだ。都合が悪くなると、俊博は黙り込む。だから、一方的に留利子がしゃべるしかない。できるだけ感情的にならないよう、努めて。だって、怖い。元子も俊博も。

「それどころか、いいたくないけどあなたのお父さんをおかしくさせ、お母さんを苦しめ、子ども達もひどい目に遭わせ、食堂も潰しちゃった女でしょ」

ここまでいっても彼が黙っているので、つい言葉を重ねた。

「やっぱり、どこかブッこわれてるオバサンだね。途方もない図々《ずうずう》しさだわ。ありえない上にありえない。他人はすべて、自分の道具くらいに見てんだわ」

自分で自分の言葉に興奮し、高ぶってきた。

「あなたそれ、親兄弟に対する裏切り行為だよ。お母さんにはもちろん内緒だよね。知ったらどうなるか想像つくの。頭おかしくなっちゃうよ。

旦那だけじゃなく、息子までたぶらかされたって」

そこで俊博は、表情が変わった。それでも、黙ったままだった。

「妹は百歩譲るとしても、変なオバサンはとにかく一刻も早く出ていかせてよ」

そこでやっと俊博は、口を開いた。激することはなかったものの、

「姥捨《うばす》て山じゃあるまいし」

ぽつり、一点を見据《みす》えていった。これには留利子が、甲高い声を上げた。

「なによ姥捨て山って。人聞きの悪い」

怖い昔話だ。作り話ではなく、史実に基づいているというのが、なお怖い。貧しい時代は、どこの国にもそんな話はあった。生活苦で、生まれて間もない子どもを間引き、働けなくなった年寄りを捨てる。

ヘンゼルとグレーテルのような親が子を捨てる話も、まったくの作り話ではないらしい。

「いつ、山に捨てて来いなんていったの。別の場所で暮らせるようにしてあげて、ってだけのことよ。捨てろなんていってないっ」

どんな遠方に捨てても、元子は這《は》いながら戻ってくると予感した。のろのろと、しかし確実に嫌な息遣いで戻ってくる。

「留利子のいうこと、わかる。留利子のいうこと、みんな正しい」

正しいからって、聞いてくれるわけではないのだ。

「でも、頼ってこられたら断れないし、今さら追い出せないし。とにかくあの二人、行くところな

いんだ」

俊博はきっぱり、留利子の頼みを拒絶した。留利子もまた、黙った。もう、今は何をいっても聞いてくれないと。

俊博には、認めたくないけれど狂気の光みたいなものが宿っていた。いや、光ではなく闇なのか。……という、昨日の話を水晶玉越しにミサにしている間、気がつくと家族連れはいなくなっていた。まったく、彼らの話し声も立ち去る足音も聞こえてこなかった。

「残念ながら、というべきでしょう。元子さんと茜里さんを俊博さんの部屋から出ていかせるのは、かなり難しいです」

水晶玉の上に手をかざし、ミサは悲しそうに告げる。

「俊博さん自身が出ていくことも、ないです」

そこまで出入りの厳しくない、普通のアパート。だけど絶海の孤島に浮かぶ監獄くらい、出るのが困難な場所になってくる。

「だから留利子さん、あなたがその部屋に入らないようにするしかないの」

重罪人ばかりの監獄は、入るのだって難しい。

「わかったわ。自分でも、それはわかってた」

ひどく疲れた体と心を引きずって、留利子は家に戻った。ご飯は済ませたと親にはいい、自分の部屋に入ってベッドに倒れ込んだ。

服を着たまま、寝入ってしまっていた。朝日の中、体の節々の痛さで目を覚ました。

俊博からのラインは、いつものようにおやすみスタンプはついていたが、メッセージはない。のろのろと起き上がり、テレビをつけた。

「あ、これだ」

一家六人が焼死。悲惨な大ニュースをやっていた。夫が妻と五人の子どもを殺害して自宅に放火し、夫だけは火傷《やけど》を負いながらも逃げて近くの空き家に潜んでいたところを逮捕された、と。

妻は再婚で、一番上の娘だけは前夫の子だった。後の子は、再婚した現夫との子達。夫が働かないことによる生活苦で、妻は昼間の仕事に加えて夜は水商売のバイトにも出るようになった。がんばり屋で母性愛の強い女なのだ。

妻はそこで好きな男ができ、夫に離婚を切りだした。もはや、責められることではないと留利子も同情した。そりゃ、新たな男に頼りたくなるのが当然だわ。

なのに、すべてを奪われると絶望した夫は、奪われたくなかった大事なものにみずから刃物を突き立て、火を放ったのだ。

「バカすぎる、この男。子どもはあんたの持ち物じゃないよ」

留利子は、吐き捨てた。彼らは、ミサの店にいた。そのとき、なんとなくこのような未来を留利子も見透かしていたのだ。

あついよ。あのときの子ども達は、炎にまかれる自分達がわかっていた。

「あたしもねぇ、子どももいるのよ」

突然、テレビの画面がブレて揺れて、真浜さつきが映った。

「あたしは、子どもだけは守ったよ」

それだけいって、さつきは消えた。さつきが消えても、しばらくあのぎょろりとした目玉だけが空中に残り、留利子をにらんでいた。

彼らや真浜さつきに限らず、死に近い人達、命を奪ったり奪われたりの事件に巻きこまれる人達が、あのミサの店に立ち寄るのだ。

じゃあ、自分も。留利子は身震いした。だが、ミサの店に行かないでおく、という選択もできないのだった。

※

改めて冷静に、留利子は今の自分と俊博、取り巻く人間関係、直面する状況などを整理しようとしてみる。まずは、

「俊博の部屋に、腹違いの妹とその母がいる」

という話は、留利子は親にも兄や姉にもできなかった。俊博を知る親しい同僚や、学生時代の友達にもだ。

ただでさえ、家族は彼との結婚をよくは思っていないのだ。それどころか、反対もしている。留利子の結婚とは直接関係がない同僚や友達も、

「好きなら仕方ないけどねぇ」

「もっといい人いないの」

などと一応は遠慮がちでありながら、ずばり反対をする。

確かに俊博は、手放しでうらやましがられる結婚相手ではない。わかりやすいポイントとなる学歴、高収入を得られる職業、せめてもの持ち家などもない。ひどい、といわれることもないが、間違ってもイケメンではない。容姿はとことん並みだ。

役者になりたいだの起業したいだの、夢追い人でもない。だから、留利子さんは彼の夢を支えたいのね、といった見方も成り立たない。

真面目で穏やかで、といった誉められる性質はあるが、数々の問題や欠点を補って余りあるほどではない。むしろ、偏屈さ気弱さを第一印象と受け取る人達もいる。

その上、広くもない部屋に父親の愛人だった女とその娘が転がり込んできているなどと話したら。さらに、娘はさておき義母がいろいろと悪評ばかりの要注意人物だと知られたら。誰もが口を揃えて、

「今すぐ別れて、次のもっといい男を探すべき」

となるだろう。留利子自身、そうできたら、と泣きたくなる。

留利子も特にお嬢様だの経歴や美貌がすごいだのはないが、ちゃんとした家の娘さんで、いいとこの坊ちゃんとの縁談があってもおかしくはない。

高校時代から俊博と付き合ってきて、その時間を無駄にしたくない、という気持ちもなくはないが、留利子は本当に彼を好きなのだ。

すごい贅沢《ぜいたく》なキラキラした未来など、望んでない。優しい俊博と、のんびり穏やかに暮らしたいだけだ。それだけなのに、なんであんな怪物みたいな女とその娘に邪魔されなきゃならないのか。

「元子さんだって、欲しいものは平凡な幸せと答えるはずよ」

いつだったか、ミサが含み笑いしながらいっていた。それは虚を衝かれた感じで、でも強くうなずいてしまった。

平凡な幸せは、みんなほしい。でも、それを得るために争ったり苦しんだり、ときにはこわれたりするのはなぜなのか。

いずれにしても、留利子としてはなんとかして一日も早く俊博のお義母さんとその娘には出ていってほしい。そのためにどこからどう手を付けていいか、わからないが。

遠くにいる親戚としてなら、無難に付き合える。親戚なら、たまに泊まりに来ても歓待できる。たまに会うだけなら誰だって、いい人なのだ。

これらのことを何もかも包み隠さず話せ、相談できるのは、はるかに年下の黒井ミサだけだった。自称、魔女。いや、留利子から見ても魔女だ。

あの喫茶店でしか会わない、素性もよくわからない謎めいた美少女。だからこそ、気負いなく素直に向かい合うこともできるのだった。

「とりあえず彼氏に、お義母さんのことを詳しく聞きだすことですね」

どうしても俊博と結婚したいと繰り返すと、ミサはやれやれと大げさに肩をすくめながらも、そんなアドバイスをくれた。

「敵を知れば、戦略を立てやすいですし。弱みも突き止められるかもですよ」

だから俊博と会うたびに、お義母さんってどうなのよ、とあれこれ聞きだすようになった。俊博は、驚くほどお義母さんこと元子について知っていた。

隠すことなく、淡々と留利子に元子の話をしてくれた。どれも目まいがするような話ばかりだったが、留利子はみんなミサに報告した。

「なんか、聞けば聞くほど怖い女なのよ〜。ミサさんの占いは的中したわ」

まず驚いたのは、茜里の上にも男の子がいたということだ。つまり茜里の兄であり、俊博からも腹違いの弟だ。

「隠してたわけじゃないけど、留利子に聞かれなかったから黙ってた」

俊博はぼんやり、遠くを見ながらいった。

「えー、その男の子も、あなたのお父さんが父親なの」

「そうらしい。峰秀《みねひで》っていうんだって」

留利子は、そのお兄さんものこのこ出てきたら嫌だわ、といいかけてあわてて呑み込んだ。ところが俊博は、さらに驚くことを続けた。

「うちの父親とは別の男との間にも、お義母さんは何人か産んでる」

百人くらい産んでる、といわれても驚かない気がした。

「す、すごいね、なんというか、生命力が旺盛な感じ」

それも俊博は前々から知っていたが、特に留利子にいうことでもないと黙っていたのだそうだ。

完全に俊博は、元子側の家族だな、と感じた。

「でも、茜里はぼく以外のどの兄姉にも会ったことないって」

「どうして」

いちいち、嫌な予感がする。

「みんな、子どものうちに死んでるんだ」

「……なにそれーっ」

ホラー映画を観ているような気分にさせられた、と後から留利子はミサに語った。

「事故死、病死。小さい頃、神隠しに遭ったように消えてしまって、いまだに見つかってないのが峰秀。うちの父親との間の子」

リアルにホラー映画の一場面みたいだ、とこれも後からミサにつぶやいた。

「えっ、えーっ、峰秀さん、だっけ。神隠し、なにそれ」

「何者かに誘拐されて、今もって消息不明なんだって。当時はかなりニュースなんかでもばんばん流されたらしい」

俊博がトイレに立ったとき、こっそりスマホで検索をかけてみた。本当だった。峰秀ちゃん行方不明事件。泣き崩れる母の元子さん。

古すぎる事件なので、画像は出てこない。図書館などで古い新聞を調べれば、もっと詳しい経緯や顔写真なども出てくるのだろうが、そこまでするのはためらいがあった。

ミサには敵を知れといわれたが、知らないことは知らないままでいい、という考えもある。無用な深入りは禁物、と誰かにいわれた覚えもある。

俊博に聞かされる話だけで充分、情報は得られる。そして、充分に怖い。

「なんて可哀想、でも」

そこから再び留利子は、言葉を選ばなきゃならなくなる。

「犯人？　は身代金の要求もしなかったのね」

「そう。だから神隠しといわれたんだって」

この子も含めて、お義母さんがみんな殺してんじゃないの。

いくらなんでも、口にはできない。できないが、想像は的中している気がした。

後からそれをミサに話したら、真顔でうなずいていた。

「お義母さんて、あなたのお父さんとはキャバレーで出会ったんだよね。その前は普通の主婦だったんだよね」

何か一つくらい、まとも、いや、普通のエピソードが欲しかった。

「確かに、正式な結婚をしたことは一度あるらしい」

なのに俊博は、あくまでも淡々としながら怖い話を続けたのだ。

「その旦那が死んでからは、本番ありの風俗店にいて、客との子をしょっちゅう妊娠して、児童手当や母子手当を狙って生んでたんだって」

「……なんと答えていいか、わかんない」

ふと、留利子は不思議にもなった。そこまでお義母さんを好きなら、そういう話を知っていても黙っているのではないか。あるいは、適当なごまかしをしておく。

留利子を妻になる女だと見ているから、すべて包み隠さずしゃべっているのかとも解釈したが、何かが違った。

もしかしたら俊博は、怖いお義母さん、恐ろしい元子こそが好きなのではないか。

「やだそれ、なに、本当なの。どうしてそんなこと、あなたが知ってるの」

なぜか、鬼子母神《きしもじん》というのが浮かんだ。

子どもを食べていた女。鬼子母神も大変な子だくさんだった。そしてお釈迦様《しやかさま》に最も可愛がっていた末の子を隠され、嘆き悲しむ。そこでお釈迦様が説教する。

どうだ、たくさんいる子の一人を失っただけでそんなにつらいのだ。ただ一人の子を奪われた親のつらさを知れ。何人の子がいたって、どの子も大事なのだ。

女は心を入れ替え、子どもを守る神となる。

しかし元子は、今も子どもを食らう鬼女のまんまではないか。

「昔、家ではお義母さんを貶《おとし》める言葉が飛び交ってた。あんなことしてた女だ、あんなことも平気だった女だ、って」

それでも嫌いにならないとは、なんなのだ。俊博の弟達は、元子を毛嫌いして近づきもしなかったというのに。

「あの頃はぼくも、お義母さんのことをあれこれあげつらって、過去のことも含めて口汚く罵ってたんだよね。可哀想なお母さんに同調するために」

今の俊博は、お義母さんこと元子のすべてを受け入れている。いや、むしろそういった暗黒の過去こそが魅力なのだと、留利子はもう確信している。

ちょっと違うが、留利子だって俊博のダメな部分を嫌がるのでも矯正《きようせい》しようとするのでもなく、私が補ってあげたいなどと母性的な気持ちを発揮している。

ダメ男好きや悪女に惚れる男は、いつだって一定数いるのだ。

「ところで三人で広くもない部屋にいて、何もトラブルってないの」

過去の話は怖くなるばかりなので、現在に話を切り換えてもみた。

家族が集まれば必ず和気藹々《わきあいあい》、これはない。普通の家といわれる留利子の家だって、何かしら揉《も》め事や気持ちの行き違いはある。

ましてや元子みたいなのがいれば、常に緊張感や警戒心を持たされるのではないか。

「うーん、お義母さんがよく、寸借《すんしやく》詐欺ってのをやるんだよね」

ほーらきた。もう、ため息すら出ない。

「商店街の人やなんかと、よく揉めてる。あと、もっと多額の借金もあるようで裁判起こされたりヤバい筋の人達に取り立てに来られたり、そのたびに仮病使ったり自殺未遂はかったり、もう大変だよ」

聞けば聞くほど、彼のお義母さんこと元子の異様さがあらわになってくる。好きになる、これは今のところいっさいありえないのだが。

「お義母さん、憑依《ひようい》体質ってのかなぁ。だます気ない、嘘つく気ないの。だましてるし、嘘ついてんだけど。その最中は、本気なんだ。全身全霊で演じちゃう」

そもそも、いつもこの初っ端《しょばな》の疑問に戻ってくるのだが。あれは義母といえるのか。百歩譲って、血のつながった妹の母親だから義母だとしても、そんな間柄の人を彼が扶養する義務も助ける義理もないはずだ。元子の立場になっても、俊博のような立場の相手に援助など、とてもじゃないがいい出せない。常識を超えすぎた女だ。

「ところで夜逃げ同然に着の身着のまま、身一つで俊博くんちに転がり込んできたんでしょ、あのオバサン」

意地でも、留利子はお義母さんとはいわない。せめてもの抵抗だ。

「ううん。大きなスーツケース二つ、持ち込んできた」

陰気な路地裏を、大きなスーツケースを引きずっていく黒い女の姿が瞬時に浮かんだ。車輪はガタつき、まるで中に生き物が入っているかのように路上を跳ねるのだ。

「ロフトはお義母さんに独占されちゃったよ。ぼくは妹と二人、フローリングの床で寄り添って寝てる」

嫌な構図だ。いくら妹とはいえ、年頃の男女なのだ。

「スーツケースの一つにはお義母さんの服、靴、身のまわりのものが入ってて、もう一つは鍵がかかったままで開けたことない。鍵を失くしたって」

なにか、もやっと過《よ》ぎった。まるでミサの水晶玉に翳《かげ》るもののように。

「こっちはガラクタしか詰めてないから、開けられなくてもいい、っていってる。でも、場所ふさぐし」

すごく、嫌なものが入っている気がする。具体的に何かといわれたら、答えられないが。

「ガラクタならベランダに出そうといったら、すごく怒られた」

ミサに話したら、留利子が感じたのと同じことをいわれた。

「鬼子母神ね。でも、まだ神にはなってない。ううん、神様にはならない女よ」

……そこでまた一人、新たな客が入ってきた。

留利子の父親くらいの男だ。会社員風だし服装などもきちんとしているが、なんともいえない暗さと疲労感が伝わってきた。

彼はミサの方も見ずにコーヒーを注文すると、一番奥のテーブル席でスマホを取りだした。誰かに向けて、かなり大きな声で話をしている。

「何年か前までは、一応は外に出る、バイトしたい、なんていってたんですよ。でもいざ面接となると、無理にでも酒飲んでまっすぐ歩けない状態で出向いたりするんです。わざと不採用、クビになりたくて」

聞き耳を立てなくても、すべて留利子の耳にも入る。カウンターの中でコーヒーをいれているミサもだろうが、まったく知らん顔だ。

彼自身の話によると、今も独身で老親の面倒を見ている。高校を中退して以来ずっと引きこもっている妹がいて、それが老親どころではなく手がかかるのだという。

「もう四十代も後半になるのに、時間が止まっててさ。自分を十七歳だと思ってる。そのうち就職もして結婚もするなんていっているけど、三十年も引きこもってんだよ。母親が死んだら妹と二人きりになる」

ミサがコーヒーを運んでいったが、彼は一瞥《いちべつ》もせずに電話でしゃべり続けている。

「とてもじゃないけど、彼女に我が家に来てくれとはいえない。あんな妹がいるんだよ。妹の世話をしにきてくれ、というようなもんじゃないか」

どうも彼はお付き合いしている女性がいるものの、家に引きこもりの妹がいることで結婚をためらっているらしい。

あるいは、女性側がそれを理由に結婚を渋っているのか。

俊博自身の状況と、周りの人間の苦悩が彼にかぶる気がした。思わず彼の方を向き、あの、と声をかけそうになった。

「女性側の気持ち、わかります」

ところが向かいにいるミサが、しぃっ、と唇の前に人差し指を立てた。

「ここに来るお客様とは、つながりは持たない方がいいです」

なんとなく、意味はわかった。ここに来る客はみな、死や事件に近いところにいる。下手に交わらせては、さらなる惨劇を招く、ということだろう。

彼が深いため息を吐《つ》いてスマホを置くと、冷めかけのコーヒーを飲む。

ドアが開いたのに気づかなかったが、キャップを目深《まぶか》にかぶった髪の長い小太りの中年女がばたばたと子どもっぽい走り方で店内を駆けてきて、彼の前に立った。

「お兄《にい》ぃ〜、今日は給料日でしょ。お小遣いちょうだい」

彼はまったく、無視した。妹と思《おぼ》しき女を意図的に無視したのではなく、存在に気づいてない。見えてないのだ。

「お兄っ、昔は優しかったのにぃ」

妹は怒った様子もなく、ふいっとそっぽを向くと、またばたばたとドアの方に走っていった、と思ったら、ドアを突き抜けて消えてしまった。

「あの妹は、確かに今も自宅にいます」

ミサは平然とグラスを拭きながら、小声で教えてくれた。

「部屋で死んでるんですよ」

「そんな気がしたわ」

「お兄さんが彼女を家に入れることができないのは、遺体があるからでしょう」

「死んだ、んじゃなくて。殺した、のね」

「妹さんは、いるけど、いない」

この店に通うようになって、留利子も霊感のようなものが芽生えてきたらしい。

ミサは、うっすら微笑んだ。ひどく慈悲深いようにも、酷薄なようにも見えた。

「ねぇ。前々から疑問だった。ミサちゃんて、いい人なの。悪い人なの」

これはたぶん、愚問だ。でもミサは、ミサらしい答えをくれる。

「どちらでもありません。私は魔女です」

彼がコーヒーのお代わりを注文したのを機に、留利子は立ちあがった。ドアの陰に、さっきの妹がいた。

「お兄ぃにやられた」

キャップを脱ぎ、陥没した頭蓋骨を見せてくれてから消えた。

※

明日は久しぶりに、俊博の休みと留利子の休みが合う。

なのに、まだなんの約束もしていない。夜になっても、電話もラインも来ない。電話しても出ないし、ラインを送っても既読にならない。

「あの、ごめんね。連絡ちょうだい。あ、暇なときでいいから」

遠慮しながら、留守電にも吹き込む。虚《むな》しい電子音が夜を震わせる。

この二人のぎくしゃくぶり、別れさえちらつくこの状況、すべて元子のせいだ。

留利子は今、自分が薄暗い靄のようなものに足を取られかけているのを、はっきり感じている。だんだん黒さを増してくる、湿った靄。これも元子からわきあがり、元子が放ってくるものだ。

直接、俊博の部屋に乗り込むかどうかはためらいと怖さはあったものの、ちらっとアパートの近くに行ってみよう、という気になった。

近くに行くだけなら、いいだろう。二人の仲なら、まさかストーカー呼ばわりはないはずだ。とりあえず姿だけ見て、安心したいのもある。

もし会えたらにこやかに、近くまで来たの、といえばいいだけのことだ。そうしたら意外と喜んでくれ、招き入れてくれるかもしれない。

その夜、留利子はとてつもなく嫌な夢を見た。留利子は見知らぬ小さな部屋にいて、ベランダの向こうに可愛らしい女の子がいる。

「玄関のドアが開かないから、こちらに来たの。入れて。ねぇ、入れてよ」

みたいなことを、可愛らしくいう。

見知らぬ女の子だが、実は留利子はもうその子が何者であるか、知っている。

部屋の中でためらう留利子の足元に、大きな黒い犬がいる。現実に留利子は、そんな犬は飼ってない。その犬が、不意にベランダに飛びだす。

手すりの一か所が大きく壊れていて、犬はあっという間にそこから階下に落ちていく。留利子は泣き叫びながら、部屋を飛びだす。

「助けて。まだ生きてる」

大きな黒っぽい影のような誰かが、犬の死骸を抱いている。

「まだ生きている」

留利子はその人に叫び、犬を奪い取る。犬は瀕死《ひんし》の状態だ。口の中がやけに赤い。

留利子は大きな黒い犬を抱き、治療してくれる人を探して走りだす。この黒い犬の正体も、わかっている。絶対に助ける、といい聞かせる。犬を奪い取られた格好の大きな影が、うれしそうに身をよじって笑っている。

「私を置いていかないで」

突然、犬の毛がばさばさと抜け落ち、黒い犬は真っ白な人間の赤ん坊に変わる。そして、どろりと留利子の腕の中で溶けてしまう。

自分の悲鳴で目が覚めたとき、まだ外は真っ暗だった。留利子は布団の中で丸まり、とりあえず夢でよかった、現実ではないんだ、と安心しようとする。

現実の留利子の部屋には、ベランダはない。黒い犬もいない。真っ白な赤ん坊など、いるわけがない。

けれど留利子は決して、窓の方を見られないのだった。きっと、のぞき込んでいる。あの女の子が。

※

住所だけは知っている、俊博の新しい部屋。ロフト付きのワンルーム。本当なら二人で暮らす、居心地いい空間。

そこには今、恐ろしいものが居座っている。でも、留利子はそれを追い出せない。

そいつこそが、部屋の主になってしまっている。そいつが、部屋を支配してしまっているのだ。

今はひたすら、何事もなく平穏に、彼の部屋の灯《あかり》がついていればいい。それだけでいい、という気持ちだった。

「心配はしてるんだよ、俊博くん」

できれば俊博が駆け寄ってきて、部屋においでといってくれる。このままここで暮らそうよ、なんていってくれる。

だったら、申し分ないけれど。あれから何度も、ミサにいわれた。

「元子さん、茜里さんを俊博さんの部屋から出ていかせるのは、かなり難しいです」

ミサは水晶玉に、はっきり悪いものを見ていた。

「だから留利子さん、あなたがその部屋に入らないようにするしかないの」

ミサは、いい人でもなく悪い人でもなく魔女であるだけだというが、少なくとも留利子を積極的に破滅に追いやろうとはしていない。

俊博の部屋に行きたいが、行くのが怖い。こんなに近くまで来たのに、行ったり来たりしてしまう。会いたさと怖さが、同じくらいある。

「ちょっと、落ち着こう」

自分に、いい聞かせる。この辺りにも、商店街や繁華街はあるはず。気持ちを少しでも安定させて、コーヒーでも飲もう。

ミサの店は、ここからは遠い。手頃な店はないか、と適当に駅前に向かったら。いきなり、現れた。俊博と、母親ではない中年女性。

あまりにも鮮明な幻、立体感のありすぎる幽霊にも見えたが、どちらもこの世に存在する生きた人達だった。

二人は並んで、商店街のアーケードを歩いている。瞬時に、女の方はあの元子という女だとわかった。

いつかミサが水晶玉で透視した女の姿、そのままだ。

留利子達の親の世代よりちょっと若いが、年相応の皺《しわ》や衰えはある。化粧はしておらず、ふくよかな体型で白髪も交じっている。

スタイル抜群の若々しい美女、というのではない。髪も無造作にまとめ、体の線が出ない大きめのゆったりした地味なブラウスにパンツ。そこらの平凡なオバサン、といっていえなくもない。ただ、妙な色香があった。素人ではない、という表現が浮かんだ。水商売の人、というのともちょっと違う。

女で生きてきた、女として稼いできた、女を使ってきた、それが強く伝わってきた。

ああ、若いときは可愛かったろうな、男が放っておかなかっただろうな、というのもわかった。

そして、今も充分に現役の女、だった。

「ねぇ、お兄ちゃん」

うっかり見落としていたが、元子の反対側、俊博を挟んで向こうに若い女もいた。元子に比べれば、存在感がなさすぎた。

あれが、俊博の腹違いの妹。可哀想な茜里か。

留利子は全身が冷えているのに、顔だけが火照《ほて》っていた。物陰に隠れながらも、三人の奇妙な親子連れについていく。

俊博の腹違いの妹は、顔立ちは母親に似ていてもごく普通の子で、小動物のような可愛らしさと無防備さだ。

義母の元子は、大型肉食獣の迫力とむき出しの凶暴性が備わっていた。段違いに、母親の方が魅力的、蠱惑的《こわくてき》だった。

何より腕を組んだり手をつないだりはしてないが、傍らの彼があきらかな恋慕、もっといえば性欲すらにじませた目と態度で元子に寄り添っているではないか。

「お義母さん」

「俊博くん」

その呼び方、やめて。叫ぶのではなく、弱々しくつぶやいてしまう。

見てはいけないものを見た気がして、留利子は座り込みそうになった。

彼氏の浮気現場を見た、という感じではない。何かもっと禍々しく不吉で、怖いものだった。人が人を貪《むさぼ》り食うところを見た、腐りきった死体がよみがえる場面を見た、うまくいえないが、そんな感じだ。

「どうしよう、ミサちゃん」

思わず、そうつぶやいてしまった。声も膝も震える。

うまく言葉にできないが、絶対に開けてはいけないといわれていた扉を開けてしまい、そこには恐ろしいものではなく何もない虚無が広がっていた、そんなふうな恐怖が渦巻いている。

彼らは、雑貨店の前に立ち止まってワゴンの中の洗濯用ロープなどを選んでいる。あんなものを買っているなんて、本当に生活感があふれている。

留利子は急いで彼らの前を通りすぎ、先回りする位置にある自販機の陰に隠れた。ここで顔だけ確かめてから、あとは見なかったことにして引き返そう。

とてもじゃないが、声はかけられない。その場で、あの元子に引き裂かれて食われるような命の危険がある。大げさではなく。

やがて買い物を済ませた三人は、身をひそめている留利子の前を通りすぎた。そのとき確かに元子だけが、一瞬こちらを見た。どろりと重いのに、乾ききった瞳。

「あんたも食われたいの」

射すくめられ、留利子は首筋に最初の一撃をくわえられたような痛みを覚えた。肉食獣に、嚙みつかれたのだ。

「ほんと、怖いの」

どうやってその場を離れ、ミサの喫茶店に駆け込んだのか。留利子は、あの後のことをあまりはっきり覚えていない。

「逃げるべきです。彼を置いてでも」

ミサは、カウンターの中から水晶玉を取りだす。エコエコアザラク。あの呪文。

留利子は二人きりの店内で、ミサと向かい合う。カウンターの向こうから、ざわめきが漏れてきた。ねっとり、重い空気が回り始める。

気がつくと、店内にはいつのまにか大勢の人がいた。やつれてしまった男達。疲れ切った女達。やけに白い子ども達。

彼らはすでに、この世にはいない人達ばかりだ。みんなあちら側が透けている。

たぶん本体はまだこの世にいると思われる人達もいて、生霊《いきりょう》となってここに来た彼らはまだ体温が感じられる。

その中には、半透明な俊博と茜里までがいた。

すべて元子の犠牲者だと、留利子は直感した。

「彼のお義母さんって人は、私も敵《かな》わないわ」

水晶玉に映り込むミサの顔が、ときおり見知らぬ中年女になる。元子だ。邪悪な表情ではない。ひたすらに、虚無。

この喫茶店は今、元子に関わる可哀想な人達でごった返していた。あふれ返っていた。

今こんなにはっきり見えているのは、その人達に留利子も近づいてしまったからだ。その人達の世界に、足を踏み入れかけているからだ。

留利子は、目をつぶる。でも、彼らは見える。

「彼女は、人を支配するのが生き甲斐《がい》で、生きる唯一の意味みたいです」

「俊博くんも、支配されてるの」

「残念ながら」

エコエコアザラク。ミサが強い声を発すると、店内の者達は一人残らず消え去った。ぽつんと一人、取り残された留利子。

「わかったわ。とにかく、あの部屋には入らない」

ミサは新たなコーヒーをいれてくれながら、ささやくようにいった。

「私達、魔女は一種のマッド・サイエンティストなんです」

コーヒーには、媚薬《びやく》や毒草を入れてないだろうか。

「人間を使って、自分の研究を実験し完成させたい。自分の手柄や成果にしたいというより、とにかく『結果』ってものを見たいんです」

そのためには、実験に使った人間など顧みない。ただの実験材料なのだから。愛も憎しみもない。

といいたいのだろう。

「私も、人体実験に使われている一人なのね。でもいい」

ミサは、微笑むだけで答えない。実験、結果のためにはとても真剣で誠実なのだ。

少し種類は違うが、元子もそのようなものなのかもしれない。

※

元子を見てしまった日。俊博とのねっとりした空気感を見てしまった時間。

以来、留利子の方から意識して俊博と距離を置くようになった。

極力、連絡は取らない。彼からのラインなどは適当にあたり障りないことを返し、会う約束はしなかった。

彼のことは嫌いにはなれないけれど、どうにも恐ろしかった。

「なんだよ、最近は忙しいの」

自分だって遠ざかろうとしているのに、屈託《くったく》のない連絡もしてくる。

「そうね、いろいろ雑用も押しつけられちゃって」

あのお義母さんだけでなく、もう俊博自身も怖い。

すでに彼もあの義母に、かなりの深手を負わされている。すでに半身を食われ、身動きできないようになっている。

毒素は俊博に回りきっていて、俊博の牙に噛まれたら自分まで感染してしまう。

凶暴な獣に追われて死に物狂いで逃げるのではなく、凶暴な獣が眠っている間にそっと静かに立ち去りたいのだ。

「助けに行くべきかな。でも、どうやって」

ミサのいる、喫茶店。今日も向かい合う。

俊博は留利子のいうことなど、何も聞かない。それにこれ以上近づけば、自分まで食われる。ミサも、コーヒーをいれながら、うなずいた。

「何よりも彼自身が、恍惚《こうこつ》のうちにお義母さんに貪り食われるのを選び、望んでいるんですものね」

「それを目の当たりにしたわ」

ただ、妹は獣の母から肉片を分け与えられて貪る小さな獣ではないように思える。妹は殺戮《さつりく》の行われている草むらで、草の実などをかじっている。もともと肉を食べないので、獲物が横たわっていても駆け寄らない。

巨大肉食獣から生まれたのに草食の小動物で、だから親が飢えれば餌として狙われることもあるのだ。

あの親は、平然と子どもを食らう。今までも、そうしてきたのだ。

その夜、また嫌な夢を見た。留利子は現実にベッドの中でも暗い夢の中でも縛られているように、身動きが取れない。

天井からものすごい音を立てて、何かの獣が降ってくる。蜘蛛《くも》のような虎のような真っ黒で毛むくじゃらのそいつは、床に落ちた途端に姿が変わる。

俊博と元子と茜里が混ざり合い、溶け合い、ぐちゃぐちゃに絡み合っている。変な臭い汁を垂らすそのいやらしい塊は、どたどたと床を駆け回り、ぽろぽろと小さな赤ん坊の死骸を落としていく。

そいつらが、留利子に向かって走り寄ってきた。いつの間にか留利子は、スーツケースに押し込められている。化け物が、そのスーツケースを引きずってどこかに持ち去ろうとする。助けて。開けて。出して。

自分の悲鳴で、留利子は目覚めた。

翌朝、留利子は自分から俊博に電話した。

「俊博くん。まだうちにいるの、あのオバサン」

「いるよ」

電話の向こうにいるのは、絡み合った化け物だ。なのに、なのか。だから、なのか。俊博の声は優しい。獲物を狙うためだけの、偽の優しさだ。

「そう。妹さんもいるの」

「行き場のない二人だからね」

だけど、最後に確かめよう、いろいろと。

留利子は初めて俊博を、ミサのいる店に呼びだした。彼とここに来るのは、これが最初で最後だろうな、と感じた。

「へぇ、なかなかクラシックないい店だな」

ミサは静かに、二人を見ていた。俊博は、黒い水晶玉ともいえるなんの感情もない目でミサを一瞥しただけだった。

俊博がいるので、カウンターではなくテーブル席についた。

「お義母さんだけどね。一度は住み込みのお手伝いを探してるって知り合いに、頼みに行ったんだよ」

ミサがカウンターに置く水晶玉には、今は何が映っているのか。

「半ばだまし討ちっていうか、住み込みじゃなく、通いのバイトを紹介してくれるから、みたいにお義母さんを誘い出して」

とつとつと語る俊博に、何かがまとわりついている。小さな手足がちらちら見える。弟達だよ。

聞こえないよう、つぶやく。

「茜里が、お母さんの束縛がつらくてたまらない、なんて泣くから。お義母さんも自活できる場所が必要かな、とぼくも考えた」

でも結局、そうはしなかったんでしょ。もう、落ちは見えている。

「いったん、お義母さんを知人宅に置いて帰ろうとしたんだけど、引き返した」

ほらね。茜里の涙より、元子の脅しの方が甘美なんだ。

「独り、ぽつんと見捨てられてるお義母さんを想像したら、たまんなくなった。それこそ山ん中に捨てて、帰り道で振り返ったら細い月が出てて寂しくて、みたいな気分になっちゃったんだ」

細い月の下で、元子は泣いていたのではなく舌なめずりしていたのに。

「ごめんね、うちにいてよ、って抱き合って泣いたよ」

これが、最後の会話になった。

「俊博くん、ごめんね。私、ミサちゃんと話があるから。ここで」

「ああ、そんじゃ」

俊博は気分を害することもなく、何か察した雰囲気もなく、無表情に出ていった。

もう、この人とは会わない方がいい。彼が出ていった後、ミサは強いまなざしでドアの方をにらんでいた。

「どうにもなりません。彼は取り憑《つ》かれてしまっているというより、もう食べ尽くされているんです」

「そう。もはや骨だけになっている感じ」

「私も太刀打ちできない邪悪さがあります。彼のお義母さんには」

「魔女じゃないですよね、俊博のお義母さん」

「あくまでも人間です。魔女ではない」

留利子から俊博に連絡をしなくなると、彼も何もいってこなくなり、完全に連絡は途絶えてしまった。

そうして一週間が過ぎ、彼と彼女を知る何人かの友達から、

「彼、無断欠勤が続いているらしいけど、何かあったの」

「高校んときからの彼の友達が、連絡つかないって心配してた」

「家の電話にも携帯にも出ないって。何かあったんじゃないかな」

といった連絡が来るようになった。足元の床や地面が割れて、まっすぐに地底に、続く黄泉《よみ》の世界に堕《お》ちていくような震えがきた。

なぜか、これはミサにいえなかった。何かいわれても、行くのを止められても、行かなきゃならない、と思えたからだ。

すでに景色は墨の色に塗られているのに、どこにも灯のついてない彼のアパートの部屋。死の家。人がいない部屋。

「俊博。ごめんね」

これから暑い季節を迎えるというのに、凍えながら部屋の前に立つ。ドアノブを握った瞬間、も

うわかった。入るんじゃないわ。のぞくだけ。

「やだ、茜里さんもいるのね」

充満していた濃い死臭が、漏れてきた。鍵はかかってなかった。

「でも、お義母さんはいない、か」

そして留利子は、大事件の第一発見者となってしまった。

※

一人は真っ黒に膨らんで、変なビニール製の人形みたいになっていた。

もう一人は同じくらい膨らんでいたものの、青緑のような奇怪な色合いだったため、巨大な虫に見えた。

充満していた臭いは今まで嗅いだことのないもので、刺激臭でもあり、変な甘ったるい重さがあり、嫌ななつかしさみたいなものもあった。

真っ黒の方はあそこまで顔が変わっていても、一瞬見ただけでよく知っている人だとすぐにわかった。

「ごめんね、助けられなくて」

青緑の方は、たぶん一度ちらっと見ただけなのに、印象に残ったあの子だと、これはじわっとしばらくおいてからわかった。

「こんなふうな形で、会いたくなかったわ」

もちろん留利子は、腰が抜けるほどの驚きと恐怖に襲われた。絶望と混乱との中、絶叫もした。涙も出ないほど、打ちのめされた。

けれどどこか、もうすべてわかっていたと妙な覚悟もできていたから、震えながらも警察に電話し、泣きながらも状況を伝えられた。

「私は……私は……婚約者、です。一人の方の」

ロフトの手すりで首を吊《つ》っていた、男の死体。部屋の真ん中に敷いた布団の中で首を絞められていた、女の死体。

腹違いの兄と妹だった、俊博と茜里。

でも、まだいる。留利子はわかった。二人以外の死の臭いもあった。座り込む留利子の周りを、小さな子どもと赤ん坊が這い回り、走り回っていた。

ミサの喫茶店に来ていたね。あのときもう、俊博や茜里もそっちの世界にすぐ来ることを、知ってたんだ。

「やっと、あなた達も見つけてもらえるね」

男からは義母、妹からは実母にあたる、同居していた中年女性は姿を消していた。

かなり雑多なもので散らかった部屋に、異様な存在感を放つスーツケースがあった。一つは空っぽで部屋の真ん中に放りだされ、一つは鍵がかかったままロフトに置かれているのが、下からも見えた。

「あの中に、まだあると思います」

なぜ、警官が駆けつけてきたとき、指させたのだろう。

それについて後からさんざん取り調べを受けたが、ただなんとなく、としかいいようがなかった。

警察からの事情聴取はさておき、さっそく自宅に押しかけてきたテレビ局スタッフや週刊誌記者に、留利子の親は半狂乱になった。

「うちの娘は、事件にはなんの関係もない」

「婚約者だなんて、冗談じゃない。えっ、娘がいったたって。彼とはただちょっと親しいだけの、元同級生です」

親戚にも言い訳と逆切れの電話をし続け、兄や姉は、

「あんたがまるで、首を吊っていた彼の奥さんだったみたいになってる」

「こっちもあんなのと身内だといわれるなんて、会社に行けなくなる」

などと怒り狂った。家族までが泣きわめく中に放り込まれたら、留利子はしみじみと俊博を偲《しの》んで泣く時間もなくなった。

テレビでは連日、その猟奇的ニュースは報道された。週刊誌でも大きく特集され、元子のおぞましい過去は次々に暴かれていった。

俊博に聞かされて知っていた話も、まるで知らなかった話もあった。

北国の複雑で極貧《ごくひん》の家に生まれ育った元子は、地元の中学を出て間もなく、まるで売られるようにして離島に送りだされた。

そこで、父親ほど歳の離れた男の後妻にさせられた。金もなく病弱な夫の子どもを三人も生んだが、すべてを捨てて出奔《しゅっぽん》。

夫は悲嘆のうちに死に、子どもらは施設や親戚にばらばらに預けられた。

いつのまにか元子は関西の歓楽街に出て、風俗嬢となっていた。元から可愛いと評判だったから、すぐに売れっ子となった。

ここでも何人かの客や情夫、愛人達との間に子どもを何人も産んだが、みんな施設などに引き取られていった。

「何人産んだか、本当に覚えてない」

などと、冗談めかしてではなく真顔で語っていたという。

常に男と借金のトラブルは付きまとい、住居は転々としなければならなかった。昔から借金トラブルはすべて、取り立て日になると子どもが癌《がん》になっただの子どもが事故に遭っただのと騒ぎ、うやむやにして逃げた。

そうして俊博の父と出会い、ここではほとんど妻のような立場も手に入れるのだ。俊博の父との暮らしがもっとも、元子にとっては贅沢や安定を得られたもののはずだが、生来の性質《たち》ゆえに落ち着くことはできなかった。

後は、報道された通りだ。

「よくこんなサイコパスが、野放しにされていたもんだ」

「いったい何人、殺しているんだろう。本人も覚えてないのかも」

報道がなかなか途切れなかったのは、後から後から元子が恐怖の引き出しを開け、悪夢のスーツケースを開き、おぞましい中身をぶちまけて見せてくれたからだ。

「娘を殺したのは、俊博です」

近所の安ホテルに、ほとんど手ぶらで潜んでいたところを逮捕された義母が、

「腹違いの妹に性的関係を迫って、断られたんですよ。俊博は私がとがめたら、自殺してしまった」

などと、けろっとしていい放ったのも騒がれた。なんと恐ろしい女、母だと。

「世間が私をいじめ、差別してきたんです。私は可哀想」

家宅捜索と現場検証で、義母の開かずのスーツケースからミイラ化した乳児の死体が二体、白骨化した幼児の死体が一体、出てきた。

ＤＮＡ鑑定で、子どもの死体はすべて義母の実子であるのが証明された。

幼児は首の骨が折れていて死因は絞殺とわかったが、乳児は遺体が傷みすぎていて、死因までわからなかった。

「スーツケースの中の子どもの遺体は、埋葬するのが可哀想で手元に置いておきたかった可愛い我が子。どの子も自然死、病死です」

これまたけろりとして、頑として自分の罪を認めず、平然としていたという。鬼子母神との言葉が、新聞でも雑誌でもニュースでも躍った。

「私が殺した子は、一人もいない」

白骨化していた幼児は峰秀といい、茜里とは父も母も同じ兄だった。いつか俊博が、その名前を口にしていたのがよみがえる。腹違いの、ずっと行方不明だといっていた兄。こんな近くにいたなんて。

若く艶っぽい元子が悲劇の母親になりきり、なりすまし、

「ぼくちゃんを返して」

と泣いていた昔のニュース番組も、事件後に改めて掘り起こされ、古い新聞記事などとともにネットに再掲された。

留利子もそれを見て、元子ってやっぱり美人だったんだなとしみじみした。ただの美人ではなく、えもいわれぬ暗い陰りがある。男達はまさに、その陰の果てを見てみたいと焦がれるのではないか。

「この話もしたくないです。さんざん、警察に侮辱もされましたし」

峰秀ちゃんの死は、借金取りに追い込まれ、大事件を起こせばうやむやになる、子どもがさらわれたとなれば借金取りも世間もみんな同情してくれる。

などと考えた元子の仕業だと、ここにきて真相が判明したが、例によって元子は自分は何一つ悪くない、世間が悪い、警察が悪い、借金取りが悪いといい張った。

赤ん坊は生後すぐ殺されていて、名前はない。古い死体の子達と俊博に血縁関係はないが、何かの家族ではあった。

茜里の首を絞めたのは腹違いの兄ではなく、凶器の紐《ひも》に付着した皮膚の鑑定などによって義母だ

と証明された。元子の手には、絞めたときについた擦過傷もあった。

俊博の縊死《いし》は他殺ではなく自殺と、これも様々な状況から断定された。

留利子がいつか見かけた、商店街を歩いていた三人。あのとき買っていた洗濯用ロープで元子は娘を絞め殺し、俊博の首を吊らせたのだ。

最初から洗濯用ではなく、絞殺用、縊死用に選んでいたのではないか。とっさに、そこにあった紐状のものを使った、のではない気がする。

遺書などは、なかった。婚約者とされた留利子は、自分宛ての遺書もないことにうなだれたし、他殺じゃないのかとの疑いも捨てきれなかったが、やはり俊博の自殺だけは覆らなかった。

「遺書はないけど、最後に会ったときの表情に、万感の格別の思いが込められていたと感じます」

というのは、あまり重要な証言としては取りあげてもらえなかった。

とはいえ、すべての事件は風化していく。次から次へと、新たな事件も起こる。警察の捜査も聴取もマスコミの取材も、徐々に収束していった。

「疲れた。最初からずっとずっと、疲れてた」

かなりの精神的な疲弊と打撃を受けた留利子も、次第に日常を取り戻していった。

会社でも事件の関係者だと知られていたが、さわれない腫《は》れ物扱いから次第に、ちょっと気を遣ってあげなきゃいけない人、となっていった。陰口や噂は、目の前でされない限りは、ないものとしておける。

会社は辞めず、淡々と仕事も生活も変わりなく続けることが救い、そして「私は無関係じゃないけど無実」の主張にもなった。

「あの女は最初の結婚のときから、私はこんなところにいる女じゃない、といってたんだよな。若い美人なのに、貧乏な年寄りの嫁にされて」

「だけど、昨日まで危篤《きとく》だといってた子どもと、平然と公園で遊んでもいたな」

「まさか、殺すところまでいっていたとは」

義母の過去を知る人達からの、

「あの女は鬼子母神というより、単なる鬼女」

との証言も続いた。かつて元子の客だった、元子と男女関係にあった、元子を愛人にしていたことがある、という男達も続々と警察に呼ばれ、マスコミのインタビューにも応えていった。

落塚元子という女は汲《く》めども尽きぬ泉ではなく、泥沼だった。

「買い物に使うというからカードを渡したら、一回で限度額いっぱいまで使われてカードローンにまでやられた。責めたら、遺書を置いて逃げた。探したら、駅前のパチンコ屋でくわえ煙草で打ってたよ」

「だらしないし普通のとこでは借りられなくなってるから、変な闇金にもすぐ手を出す。いったいあいつは何にそんなに金使ってんだろう、と以前は不思議だったけど、要するに半分以上は金利、暴利の利息なんだよね」

「元子のすごいところは数限りないけど、いつのまにか闇金の下っ端の男ともデキてて、そいつは謎の失踪。たぶんどっかに埋められてるね」

「コンビニ店の店長と地方公務員と中古自動車店の社長、私が知ってるだけでも三人は自殺に追い込んでるし。いったい、どういう脅し方をするんだろうねぇ」

元子は男に貢ぐ、変なマルチ商法や新興宗教にハマるといった女ではなかったが、金銭感覚がいつだってだらしなかった。パチンコや酒や外食、着るものなど、とにかく目の前の安い快楽に弱いのだ。

さらに、金銭感覚は狂っていると同時にずれているといわれた。たとえば安売りの砂糖を買いに行くために、行き帰りにタクシーを使ったりする。ただで新作映画を見たい、と機内上映のある飛行機に乗ったりする。

交通費の方が高くつくといっても、本人は節約、倹約、得をしたつもりなのだ。

「私は可哀想なんだし、苦労しっぱなしなんだから、ちょっとくらい自分に楽をさせてご褒美《ほうび》あげてもいいじゃないの。貸す方も、取り立てられないのは無能ね」

いつでも無計画にあるだけの金をその場で使ってしまい、なくなれば誰かれかまわず借りる、どんな相手でもだます、最後は必ず逃げる、その繰り返し人生。

安易な快楽の後始末のために男を作り、子どもを生んでいたようだ。

決して男のため、子どものためには金を必要としない。

ミサが元子には負けるといったのも、邪悪さのせいではないのかもしれない。最初から結果が見えてしまっているから、実験にも勝負にもならなかったのだ。

ちなみに俊博の母親は、警察の事情聴取にだけは応じたものの、マスコミ関係の取材は一切お断りという態度を貫いた。

ただ、人を介して俊博の母がこんな話をしているというのは聞いた。

「これでようやく、本当の意味で元の夫と俊博が、私の元に帰ってきた気がする。一緒のお墓に入れてあげたい」

何にしても今回の事件のおおもとは、義母と娘とその腹違いの兄との三角関係ということで片付けられる一面もあった。

義母が女として娘に嫉妬し、つまり俊博をめぐる恋敵として殺した。殺害された妹と、殺人者になってしまった義母に絶望し、俊博は後を追った。

とりあえず、これが事実として確定された。元子本人は相変わらず否定し続け、否認し続けたものの、俊博との男女関係はほのめかすようになっていった。

「でも、近親相姦《きんしんそうかん》は兄と妹で、義母ってのは男にとっては他人なんだよね」

留利子の親はあまりのおぞましさの三段重ね、フルコースに絶句していたが、

「やっぱり、あんな男と結婚させなくてよかった。もし義母が現れなかったら、あんな変態の男と娘は結婚していたかもしれない」

「回り回っての結果として、これはうちにとってはよかった、ということになるんじゃないの。あんなとこと縁組をしなくて済んで」

などとも本気でいうようになった。親がなんであれ納得できたなら、これも留利子にとってはありがたいことだった。

とはいうものの留利子も疲れ果て、なかなかミサの店にも行く気力がわかなかった。またあの店に行って、妙な死者や死者になりかけの人達が浮遊しているのを見るのも、疲れが増しそうだった。

あんなところで、変わり果てた俊博に会えてもうれしくはない。

※

世間の人達は忘れ去り、ああそんな事件もあったたね、というふうになっていっても、関係者はそうはいかない。

なんといっても、あの魔女より怖い魔女は拘置所の中で生きているのだ。近いうちに裁判を受け、刑務所に入ることになるだろう。そして、こちらにも戻ってくる。

「私は何もしゃべりません。私は何もやってない」

今もふてぶてしくいい放ち、ぐっすり眠ってよく食べているらしい。

留利子も事件そのもの、あの恐怖の瞬間や悪夢としかいいようのない状況は忘れようと努めたが、できるものではなかった。

特に、俊博そのものを消し去ることはできない。今となってはやっぱり彼のいいところ、彼との楽しかったことばかりが思い出される。

俊博の写真を前に、留利子はつい語りかけてしまう。

彼の家族が電話などの解約も済ませてしまい、電話番号などは消えてしまったけれど、留利子のスマホに画像は残っている。

やりとりしていたラインの画像なども、保存してある。

「今も、何がなんだかわかんないわ」

彼は元から無口で、都合が悪くなるとますます黙り込む人だった。

だから、写真に語りかけて返事がなくても、そんな虚しくも寂しくもない。いつものことだ、と納得すらできる。

「お義母さんは拘置所にいるけど、とにかく黙秘、否認。すごいわ。無敵の女ね。その途方もない図太さにみんな取り込まれちゃったのかな」

もう一つ、不可解なことがある。ミサの店がなくなってしまったのだ。

ごたごたの後に久しぶりに行ってみたら、ミサの喫茶店は跡形もなく消え失《う》せ、そこには明るくきれいな化粧品店があった。

「ここに喫茶店がありましたよね」

思わず駆け込み、そこにいた店員にいったら目を丸くされた。

「喫茶店、ですか。なんて名前でしょう」

そのとき初めて留利子は、あんなに通ったミサの喫茶店の名前がわからないことに気づく。ミサの店、としか記憶していなかった。

高校生かというほど若く可愛い店員だったが、ミサではない。ミサとはまったく違う、ごく普通の女の子だった。

「えっと、うーん、なんていったかな」

「いつ頃でしょうか。もう、この店は十年以上、ここでやってるそうですよ。私は去年からここに入ったんですが」

「あ、あの、すみません。勘違いでした」

黒井ミサ。彼女は何者だったのだろう。あの喫茶店が本当にあったかどうかよりも、本当にそんな子、いたんだろうか。

おそらく本人がいった通り、魔女はマッド・サイエンティスト。結果を見てしまったから、気が済んだのだ。人体実験に使った後の人間など、用済み。用無し。

あの喫茶店を研究室、実験室にして、おびき寄せた人間で殺人の過程と結果を見ていたのだ。ある程度の成果を得られたから、撤収したのだろう。

自分もミサの人体実験に使われたわけだが、怒りも悲しみも裏切られた感もない。なぜなら本当にミサはいい人でも悪い人でもなく、魔女だからだ。

なんにしてもミサの店がないなら、自分の部屋で俊博の遺影となってしまった写真に語りかけ続けるしかない。

「俊博くんが妹を襲おうとした、ってあのオバサンの完全な嘘だと思うけど」

元子はもう、自分でも何が嘘で本当かわからなくなっていたのではないか。

口にしている最中は、自分で自分の嘘を信じてしまうのだろう。だから、嘘をついている自覚がない。嘘をついた、という後悔や恐怖もない。

「だからやっぱり、あなたが自殺した理由がわからない」

元子は今もすべてを否認し続けているどころか、すべての罪を俊博にかぶせようともしているらしい。とんだ鬼子母神だ。

「そもそも俊博くんが妹をそんなに好きだった、恋人になりたかった、ってのが変だわ。だから拒まれてかっとなった、って、なんだかすべてが違う」

元子も平気で人を人とも思わず、なんらかの人体実験をする女だ。しかし、結果を見たがっている、というミサとは違う。元子は結果を考えていない。その場しのぎ、その場限りで突き進み、暴走する。

「だって俊博くん、妹よりオバサンの方を好きだったもんね。オバサンに拒まれて絶望した、の方が正しいいんじゃないの」

そのとき耳元で遠慮がちに、しかしはっきりと彼の声がした。

「好きなのはオバサンじゃない、お義母さん」

追いかけてくる愛人

今熊須美香《いまくますみか》さん。須美香さんは若いときは、確かに人目を引く美人だった。まだ未成年の頃からなりふりかまわず稼いで、そのお金でかなり整形もしたようだけど、もともとの土台も良かったんでしょうね。これは整形ではどうにもならない、身長と手足の長さも備えていたし。

お父さんは過去も素性も怪しいし、いろいろと黒い噂《うわさ》の絶えない人だったとはいえ、お金持ちには違いなかった。

だから須美香さんは、豪邸に住む美しい社長令嬢、として育てられた。

お母さんは評判の美人で、こちらは本物のお嬢様といっていい家柄の出だった。そんな派手な格好や振る舞いはしなくても、とにかく目立つからこちらもいろいろと妙な噂を流されることもあった。お母さんは、そんな悪い人ではなかったのにね。

いえ、むしろよくできた奥さんで、しっかりしたお母さんだったわ。

須美香さんはそんな親の金と威光で、学校でも遊び場でもいつも座の中心にいた。わがままで勝気、生意気で意地悪。だけどそんな性格の難も、きれいなお嬢様であることで許されたし、それが魅力にもなっていた。

蝶《ちょう》よ花よの箱入り娘。でも、不幸も不運もあった。

それは仕方ないでしょう。どんな人だって、程度の差はあれ病気やけが、事故に事件には遭ってしまう。避けられない天災もあるし、老いと死は平等に訪れるもの。

須美香さんは、まだ幼い子どもだった頃、お母さんを失った。

その顚末《てんまつ》は、全国的ニュースになって新聞、週刊誌でも大きく報道された。もう三十年以上昔の話だけど、検索すればたくさん情報は出てくるし、関係者にとっては事件は終わっていない。

ある夏の朝、あなたのお母さんは当時の自宅から、何らかの方法で呼び出されたか強引に連れ出されたかはわからないけど、とにかくいなくなった。

お父さんは会社に行っていて、須美香さんは近くの幼稚園に預けられていた。幼稚園が終わる時刻になってもお母さんが迎えに来ないので、自宅に連絡がいった。でも、誰も出ない。あの頃はまだ、携帯電話は普及してなかった。

幼稚園の先生達は、お父さんに連絡する。お父さんがとりあえず須美香さんを迎えに行き、自宅に戻ってみたら、やっぱりお母さんの姿はなかった。

洗濯機の中には脱水前の洗濯物がそのままになっていて、流しには洗ってない食器が重なり、玄関の鍵もかかってなかった。家事をきちんとするお母さんだったから、その状態は変だった。突発的なことで、外に飛び出ていったとしか見えなかった。

いつも持ち歩いていた、財布や鍵の入ったハンドバッグもリビングの椅子にあった。後からわかるけど、キャッシュカードだけが抜かれていた。

変な雰囲気ではあったけど、ちょっとそこのポストに手紙を出しに行った、みたいなふうでもあったから、お父さんはそのときはさほど不安ではなかったのね。

幼い須美香さんは、ママどこにいったの、と不安にはなったかもしれないけど、まさかその日から二度と会えなくなるなんて夢にも思わなかった。

まずはお父さんと須美香さんが帰宅して一時間くらいして、電話がかかって来た。

「ごめんね、ちょっとあわてて飛び出してしまったものだから」

お母さんからだった。お父さんとお母さんの会話を、須美香さんはぼんやり覚えていたと後から報道された。

「どこで何をしている」

問うお父さんに、お母さんはこう答えた。

「黒井《くろい》ミサさんと一緒にいるの」

「それはどこの誰だ」

お父さんがいった途端に、電話は切れた。

その後、お父さんはさんざん警察でも聞かれたし、お父さん自身もあらゆる人に聞いて回ったけれど、黒井ミサという名前の人物に心当たりはなかった。

当時の一般家庭の固定電話は、どこからかけてきているかなどまったくわからなかったから、相手がまたかけてくるのを待つしかなかった。

そのときはまだ、誰も事件とは思っていなかったのだし。

二度目の電話は、三十分から一時間くらい経《た》ってからだった。

「黒井ミサさんと一緒なんだけど。車で連れ回されてるの」

またしても、黒井ミサだ。そして、連れ回されている、といういい方。普通ではない。

「でも、心配は要らないわ。夜には帰してもらえるから」

そこでまた、電話は切れた。そう、永遠に。

お父さんによると、確かにお母さんは車に乗せられているらしいエンジン音、走行音が後ろから響いていたという。

その夜は、お父さんと須美香さんは二人で過ごした。いつも夜は家にいないお父さんがいて、代わりにお母さんがいない。

そんな夜は初めてで、須美香さんは不安がるより変に興奮していた。

お母さんには、虫歯になるし太ると、夜のおやつは禁止されていた。でもその夜はお父さんが、なんとか須美香さんをなだめよう、気を逸《そ》らさせようとして、どっさり甘いおやつを買ってきてくれた。

これも普段はお母さんから禁じられている、夜の大人向けテレビまで観られた。だからその夜は、須美香さんははしゃいで疲れて寝入ってしまった。

結局、その夜はもう連絡もなしで、お母さんは帰って来なかった。

翌日、お父さんは警察に届け出た。須美香さんはいつものように幼稚園に預けられ、でもそのときはまだ幼稚園の先生も、須美香さんのお母さんが帰宅しなかったことも事件とは考えていなかった。

男友達と遊んでいるんだろう、くらいに先生達もひそひそささやき合っていたらしい。

と、報道された。須美香さんのお母さんは、そういうふうにも見られていたようだ。仕方ない。金持ちのきれいな奥さんとなれば、やっかみも意地悪な目線も浴びせられる。

警察に届けてすぐ、須美香さんのお母さんのキャッシュカードでお父さんの口座から多額の現金が引きだされているのがわかる。

ここでもう、完全に事件となった。銀行の監視カメラに映っていた謎の女の画像がテレビで公開され、こちらもすぐに身元が判明する。

不気味な美人、という形容がかぶせられた女は、その容姿からもちょっと騒がれた。長い黒髪、魔女っぽい雰囲気の黒い服。当時はまだそんな鮮明でなかった監視カメラの画像でも、色白の華奢《きやしや》な姿は妖艶だった。

島倉里紗《しまくらりさ》。当時、三十歳の無職の女。

名前は黒井ミサではなかったが、須美香さんのお母さんにはその偽名を使っていたことも考えられる。

あるいはまったく別人の黒井ミサという女も、事件に共犯者か協力者として関わっているのかもしれないと、お父さんは警察官にいわれた。

なぜなら里紗は事件発覚直後に姿をくらませ、三か月後に実家の近隣の山中で白骨遺体となって発見されるからだ。

風雨にさらされ、動物に食い荒らされ、無残な状態の遺体だった。

木の枝とロープを使っての、縊死《いし》。

里紗の追い詰められていた状況と、争った形跡のない現場。ロープも彼女が購入していた。そして親に遺書を送っていたことからも、自殺と断定された。

「私はもうダメです」

遺書には、こうあった。もっと早くに、自分のダメさに気づいていればよかったのに。なんて、今さらいっても遅すぎた。なにもかも。

共犯者と見られる男が、一人いた。

寺石佐和夫《てらいしさわお》という当時五十歳の無職の男もまた、事件発覚の一週間ほど後に自家用車の中で練炭を焚《た》き、自殺していた。

彼の方は遺書などなかったが、里紗との関係は周りではよく知られていた。

彼もまた生活を破綻《はたん》させて借金だらけ、実家からも絶縁状態、かつての妻だった人が連れていった子ども達にも会えないようだった。

二人の出会いも違法な地下の賭場で、もはや二人は破滅に向かって進むために出会ったとしかいいようがなかった。

共犯者の存在は、早くからささやかれていた。華奢で体力のない里紗一人では、須美香さんのお母さんの強引な誘拐や、車での連れ回しなども難しい。

それ以前に、里紗は車の運転ができなかった。誘拐して身代金強奪なんて荒っぽい悪事は、男の首謀者《しゅぼうしゃ》がいるはずだと推理するのが当然だ。

佐和夫の自殺によって、やはり彼が共犯者だったとされた。

彼が犯行に使った中古の高級車の中から、須美香さんのお母さんの毛髪や血痕も発見されていた。生存は絶望的となり、行方も探すに探せなくなった。

須美香さんのお母さんは、里紗と佐和夫に連れだされ、連れ回され、脅され、キャッシュカードを取り上げられた。そして暗証番号を聞きだした二人が、ATMから現金を引き出したのは明白だ。

その後、須美香さんのお母さんが現れないのは、どう考えてもすでにどこかに埋められている、あるいは海か川に遺棄《いき》されたと考えるのが妥当だろう。

島倉里紗は、もとは普通の家の地味な大人しい子だったという。見合いで近隣の家に嫁いでから、なぜかギャンブルにはまった。

誰もが楽しめるパチンコ店や普通のゲーム店だけでなく、違法な店や闇社会の人達ばかりが集う地下の店にも通い詰めた。

借金まみれになって離縁され、いろんな人から逃げ回りながら実家にも戻れずその日暮らしをしているとき、佐和夫と出会った。そのときの里紗には、唯一の頼れる男だったのだろうけど、さらなる破滅に呼び込む闇でもあった。

佐和夫もまた人生の半ばまではちゃんと円満な家庭もあって、それなりの会社で地位もあったし、そこそこかっこいいと女子社員からももてたらしい。

なのに、里紗と同じ地獄に落ちていた。彼の場合、ギャンブルだけでなく分不相応な贅沢《ぜいたく》品や高級ブランド品にもかなり注ぎ込んでいた。

同病相憐《どうびょうあいあわ》れむ、類を以《もつ》て集まるというやつで、たちまち同棲《どうせい》するようになった。

そんな二人は、生活の立て直しだの更生して新生活に漕《こ》ぎ出すだの、考えなかった。考えるくらいはしたかもしれないが、結局は共謀し、裕福な奥様である須美香さんのお母さんに目をつけた。

須美香さんのお父さんは、事件後すぐに引っ越しをした。会社も移転させた。

大事な一人娘を、世間の好奇の目から守りたかった。暗い影を落とす過去から切り離し、明るく平穏な人生を歩んでほしかった。

なんだかんだでお父さんは、娘に対してはいいお父さんだった。

知り合いのいない街の学校に入ったあなたは、お父さんの愛とお金に守られ、次第に新しい生活を受け入れ、楽しむようになっていった。

そのあたりは、お母さんも望むところだったろう。愛娘《まなむすめ》にはいつまでもいなくなった母を思って泣いてばかりいるより、明るく幸福な人生を歩んでほしい。

「お母さんのことは、誰にもいうな」

あなたは何度も、お父さんに念を押された。

「悪い人達は、死んだあの二人だけじゃない。まだ別の共犯者みたいなのは生きている。お父さんと須美香を狙って、ここに来るかもしれない」

この強い縛《いまし》めは、確かに効いた。そして、

「黙って待っていれば、ママは帰ってくる」

という希望も、お父さんは娘に与えた。

でも須美香さん、あなたが何より誰より恐れたのは、謎の黒井ミサだった。

こっそり週刊誌などで見た、不鮮明な白黒の里紗や佐和夫の写真より、何もかもが謎の黒井ミサが怖かった。

そして、だんだん記憶の中で薄れていくお母さんのこともまた怖かった。お母さんも白黒の、不鮮明なぼんやりした姿になっていく。

正直あなたは、お母さんが生きて帰ってくるのを待ち望んではいなかった。戻って来たとしても、お母さんは別のものになっている気がした。

※

須美香さん。あなたは恵まれた子でもあったし、可哀想《かわいそう》な子でもあった。

お母さんの事件は未解決のまま、年月は無情に無常に流れていった。関係者は忘れなくても、世間は次第に、そして急激に忘れ去っていく。

報道もされなくなったし、事実上、警察の捜査も打ち切られた。あの頃はまだ、時効というものがあった。

あなたは幼稚園の頃まで育ち、お母さんの事件に遭った街を離れてから、誰も友達や知り合いのいない小学校に入り、早くに人生をリセットさせられた。

そこは有名大学の付属で、おっとりしたお嬢様、屈託《くったく》のないお坊ちゃまばかりだった。あなたはそこでも、お姫様的な存在となった。

「あの子のお母さんは……」

といった噂は校内でも保護者の間でも流れていたし、須美香さんのいないところでさらに脚色された怖い話、根も葉もなくはないけれど大げさにスキャンダラスに、ずばりお母さんを貶《おとし》めるような陰口も叩《たた》かれてはいた。

あなた本人に向かっていう人は、一人もいなかった。あなたは強気できれいで、そんなに勉強はできないけど弁が立つというのか口が達者で、お金持ちの子で、何よりお父さんが怖い人とささやかれていたから。

だからあなたは、表面的にはとことん恵まれた子だった。

「須美香ちゃんて、すごくいいとこにお嫁に行きそう」

「ううん、将来きっと、芸能人とかになるんじゃない」

お姫様のあなたに媚《こ》びる子達が、そんなお世辞もいってくれた。あなたはまんざらでもないどころか、そうよ、と眉を上げていた。

お母さんは、病気で亡くなったことになっていた。ヨーロッパの豪華な病院に入院していて、そこで亡くなった。お墓も、素晴らしい薔薇園《ばらえん》と湖のある異国の墓地にある、なんて物語も、誰かに勝手に作られていた。

現実には、どこにもお母さんのお墓はない。まだ戸籍上は、法的には、生きていることになっていたのだから。

お母さんを早くに失っても、お父さんが溺愛してくれた上に、通いで家に来るようになったお手伝いさん達が、それこそ箸より重いものを持たせないくらいの世話を焼いてくれた。休日にはお父さんの会社の人達が競うように可愛《かわい》がりに来てくれたんでしょう。

そのままでいればあなたは有名大学を出て、お父さんのコネで嫁入り前の腰かけでしかないお勤めをして、適当にいろんな男をつまみ食いして、でも変な男と本気でくっついたりはせず、お父さんと同じくらいの暮らしをさせてくれる男と結婚する。

そして、SNSでキラキラゴージャスな暮らしぶりをひけらかすセレブマダムでセレブママになるはずだった。

一生、人生の勝ち組、我が世の春が死ぬまで続くと思ったよね。

あなたは、小学校に入って次第にお母さんのことは忘れていった。というより、早く忘れたかった。

もっといえば、そんなことなかったことにしてしまいたかった。

すべてに恵まれ、すべてをうらやましがられる自分の人生に、そんな可哀想な事件に巻き込まれたお母さんの存在など、影を落とすものでしかなかった。

今さらお母さんが帰ってきたり事件が解決したりしたら、太陽のように輝くお姫様の暗い影を改めて見せることになる。さらに、変な噂も盛られてしまう。

好奇のまなざし、同情や哀れみ、そういった言葉は絶対に要らなかった。

そうしてあなたは、お母さんを失うだけでなく、嫌なお母さんを迎えるときが来た。

小学校を出る頃、あなたはお父さんにまた別の土地に連れて行かれた。そこの名門女子大付属の中学校に入れられた。お父さんが、再婚したから。

お母さんは生死不明であっても失踪宣告が受け入れられ、死亡したと同等の扱いをされるような年月が過ぎていた。

だからお父さんは、堂々と後妻を迎え入れられた。そこそこの家柄の娘で、本人の経歴もきちんとしたものだし、華やかさはないが美人の部類だ。

「いくら金持ちでも、親子ほど歳の違う子持ちの男の後妻になるのは親が反対するだろうにねぇ。しかも、あんな訳ありの……」

「そうそう。なんといってもあれがまだ、未解決だし」

最初は、須美香さん側の親戚も心配したけれど。

後妻も、本人の責任ではない傷はあった。父親が仕事で赴任していた東南アジアの某国で捕まり、かなりの長期刑で現地の刑務所に収監されているのだった。

その国は麻薬にとても厳しく、初犯の外国人でもいきなり死刑や無期懲役《むきちょうえき》の判決が下されることも珍しくない。

日本ではほぼ報道されてないが、須美香さんはお父さんの再婚後、親戚の人達がどこからかそんな情報を仕入れてきて、ひそひそ話をしているのを聞いてしまった。

須美香さん、それらは別にして、あなたと一回りくらいしか違わない若い派手な後妻を、どうしてもあなたはお母さんなんて呼べなかった。

当の後妻も、お父さんの目や親戚、近所周りの目もあるし、継子《ままこ》のあなたに露骨な意地悪や激しいいじめ、あからさまな放置はできなかったけど。

先妻の子を疎《うと》ましく思っているのは、二人きりになると隠さなかった。

「お父さんから、須美香は気難しい子って聞かされてたから、覚悟はしてきたんだけど。ここまでとはねぇ」

わざとらしいため息、嘘泣き。後妻の気持ちはわかる。だって須美香さん、あなたは高慢だし人を見下すし。お互いさまで、お父さんがいないところでは後妻もいじめていた。

腹違いの弟ができてからは家の主役もそちらに移り、あなたは初めて居心地が悪い、居場所がないというのをたっぷり味わった。

幼い弟は憎くはなく、可愛いくもあったけど、やはり距離みたいなものがあった。

新しい学校でも、母が後妻で義母とは知られていた。口が達者で気が強くて派手できれいで、すでにやさぐれた翳《かげ》りのあるあなたを、面と向かっていじめる人はいなかった。

さすがにあなたも嫌いな義母に向かって、

「お父さん、外国の刑務所にいるんでしょ」

とはいえなかった。それをいうと、お母さんのことをもっとひどい言葉でいい返される怖さもある。

「あんたのお母さんは、もう死んでる」

さすがに義母も、これはいわない。それをいい合えば、優しいお父さんだってどんな怒り方をするかわからなかった。

あなたがいじめられなかったのは、どこで誰から漏れたか、義母の父親の件もちょっと大げさに脚色されて噂されていたからよ。

東南アジアのうんと怖いマフィアだ、殺人もやってる、みたいに。

そうしてあなたは、付属の中学を出る頃には家に寄りつかなくなった。

学校ではあなたは、お姫様にもなれなかった。いじめられはしなくても敬遠されるようになっていった。仲良し、心許せる子はいなかった。

先生も、あなたに対しては腫《は》れ物扱いだ。高校にはほとんど行かず、夜遊びに溺れた。そこで出会った悪い友達や大人の男達の間を、転々とするようになった。

お互いにほとんどが錯覚だったけど、心許せる友達や真実の愛をくれる彼氏に出会えたとはしゃぎ、浸り、舞い上がった。

もちろん、何度も家に連れ戻された。そのたびにすぐ飛びだすだけじゃなく、ケンカになった義母に暴力を振るうようにもなった。

頬《ほお》を平手打ち、髪を引っ張る、足を蹴る。刃物を持ち出すようなものでなくても、暴力には違いない。義母は、やり返して来なかった。

いろんな自制があったのだろう。暴力はすべてダメ、ましてや義理の娘を殴るなんて、というのもあり、とことん被害者になりたいというのもあったはず。それなりの強《したた》かさは、あの義母にもあった。

義母が大げさにいいつけたのもあるとしても、ついにお父さんもあなたを見放した。あなたは遊ぶお金欲しさに、義母の財布からお金を盗んでしまった。さすがにお父さんのお金に手を付けるのは、怖かったから。

「出ていけ」

お父さんに、玄関に蹴りだされた。ドアを強く閉められ、音を立てて鍵をかけられた。

死んだ妻と、その手におえなくなった娘より、今の妻と可愛い跡取り息子の方が大事となったのは、仕方ない面も大いにあるでしょうよ。

もちろんあなたは傷つきもしたし、途方にもくれた。

けれどあなたには、当時はぱっと目立つ容姿とそれに相応《ふさわ》しい物怖《ものお》じしない性質と、何より若さがあった。

あなたさえその気になれば、たいていの男が振り向いてくれ、金を出してくれ、家に置いてくれた。高校時代はずっと、そうやって過ごした。

年齢をごまかしてパパ活に励めば、瞬時に現金とごちそうとプレゼントが与えられた。気まぐれでホステスや風俗嬢をやれば、必ずナンバーワンとはいかなくても、金持ちや有名人の客が気に入ってくれた。

そんな男達の伝手《つて》で、ちょっとした読者モデルやエキストラをさせてもらったり、芸能人が来る店に連れて行ってもらえたり、自分も有名人気分が味わえた。

単なる愛人で仕事は何もしないしできないんだけど、コーディネーターみたいな肩書きの名刺だけ持たされ、マスコミ業界人ごっこも楽しめた。

そんな暮らしで須美香さんは、どんどん嘘つきにもなっていった。周りも、嘘つきだらけ、詐欺《さぎ》師《し》だらけだったしね。

誰もが素性を隠すため、そして目の前にいる相手をだますため、それから仲間内でカッコつけたいがために、話を大きくする、盛る、膨らます、ゼロから作りもする。

あの手の嘘つきホラ吹きって、みんな足し算ばっかりしていく。

「俺、九州全体の暴走族を率いて暴力団とも戦って警察にも一目置かれて、大学行きながら有名ブランドのチーフデザイナーになって年収一千万、在学中に医師免許も取って最年少で大病院の病院長になった」

「あたし、キー局のディレクターしながら芸能プロ経営もして銀座の高級クラブでナンバーワンになって大企業の社長と結婚してスイスにバレエ留学してた。あ、スイスの貴族の友達に電話しようかな、でも今は真夜中よね。起こしたら悪いからやめとく」

自分にはりつけまくった勲章の重さで転んでるっていうか、あなたは一日が五十時間くらいあるのか、あなたは何人いるの、というのはさておき。

有名ブランドのデザイナーが年収たった一千万てことはないし、医者になるには六年以上の勉強が必要なことを知らないって、この彼は想像、妄想できる大金の上限が一千万で、大学にも医者の友達にも縁がなかったのだろう。

　彼女も、スイスと日本と時差がかなりあって、日本が夜中でもあちらはまだ夕方だということも知らないのを露呈している。

　つじつまが合わなくなるし、自分で設定を忘れてまた違う勲章をくっつけて重みによろめいて、となるんだから、あの手の人達はちょっとは引き算も覚えなきゃね。

　その点あなたは、元から社長のパパだの名門付属の学校だの、そこそこの境遇にいたので、あまり盛りすぎることもなかった。

　お母さんの事件のことは、とにかく興味津々で探られるのも、可哀想な子扱いされるのも嫌だったから、事件について一言も口にしなかった。

　ここでは、お母さんは生きていることにした。そのお母さんについても、余計な勲章をつけまくって足し算ばかりしてボロを出し、共倒れになるようなことはせず、

「普通のお母さんだよ」

　みたいないい方をしていた。ママは独身時代の夢を捨てきれず、ヨーロッパに留学している、みたいなほのめかしをしただけ。

「なんか、今も私と歳の離れたお姉さんに見られるね。贅沢が好きだから、仕送りするパパも大変だよ」

　その引き算ぶりが、須美香さんはそこまで嘘つきじゃないな、と嘘つきだらけの中では思われることとなった。

なんだかんだであなたは、恵まれ続けたし幸運というより強運だったのは間違いない。大病もせず大きな事故にも事件にも遭わず、つねに男も取り巻きもいたし、お金にも不自由しなかった。親とは絶縁状態でも、困ることはなかった。

だけど、不安は常につきまとった。鬱陶《うっとう》しくも晴れない灰色の雲、靄《もや》みたいなものが、いつもまとわりついていた。早いうちから、整形にもはまった。

「ねぇ、黒井ミサって知らないかな」

あなたは誰かれかまわず、そう聞いてみることも習慣になっていた。

「えっ、うーん、ただの昔の仲間なんだけど。どうしているかなぁ、って」

適当にごまかしながら、さりげなくいってみた。けれど、黒井ミサを知っている人は一人もいなかった。

※

「私って、黙って立っている、おとなしく座っているだけで女優かモデルかって見られるし。ちょっと歌えば、歌手ですかと聞かれるし。

さらさらっと絵を描いたり簡単な料理をしたり遊びでスポーツをしただけで、絶対に習ってたでしょ、プロだった時期があるでしょ、なんていわれる。

私って、自分にもっと自信を持つべきよね〜」

鈍感さゆえの強運であった須美香さんも、三十の半ばを過ぎる頃から、はっきりとした不安と不満がつきまとうようになった。

こういう勘違い発言も、以前は本気だったのに。今は自分を鼓舞《こぶ》するための、無理矢理《むりやり》なものになっている。

とりあえず、生活にはそんな困ってはいない。年寄りの小金持ち何人かを掛け持ちしていて、そこそこのマンションの部屋と生活費は手に入れている。

ただ、彼らに飽きられたらおしまいだ。彼らは、飽きやすくもある。もっといい女が現れたら、さっさと捨てられる。

なんら保証のない相手と生活。だから、常に補充するようにもしている。一人に切られそうになったら、新たに一人を捕まえる。

きれいで口の上手《うま》いあなたは、愛人にしたい、遊びたいと近づいてくる男は途切れなかったけど。あなたを妻にしようという男、あなたと真剣に結婚を前提に付き合いたいと願う男は、一人もいなかった。

元の同級生達と付き合いはなくなっても、噂はいろいろ聞くし、ちょっと検索すればSNSが見つかる。見なきゃいいのに、見てしまう。

みんなお金持ちのエリート、その優雅な奥様になって、人気の芸能人みたいな暮らしぶり、家庭円満を披露している。

その子ども達がみんな、当然ながら銀のスプーンをくわえて生まれてきたのが一目瞭然《いちもくりようぜん》の雰囲気を振りまいている。

独身者でも、有名企業に勤めたり社会的ステータスの高い職業に就いて、人気海外リゾートやオシャレなレストランでのバケーション、デートを楽しみまくっている。

学校じゃずっとあなたより格下、階級が下だった女達。

須美香さんだって、そんな子だったのにね。大人しくしていれば、ずっとそんな人でいられたのにね。

やっぱりあなた、シンプルに頭が悪いんでしょうね。

あなたは、容姿や持ち物や行きつけの店、毎年楽しむ海外なんかは負けずに自慢できたけど。今の立ち位置、職業、それはどうしようもなかった。

たまにバイトでホステスや風俗をして、ときどき愛人をして、業界ごっこ、ままごとみたいな仕事をさせてもらう名刺があるだけ、つまり肩書、地位はなし。

評価されている仕事も、うらやましがられる旦那様も、将来が約束された子どももいない。持ち家もない。親とは絶縁状態だ。

まったく同じ立場でも、充実して幸せを感じている女達はたくさんいる。ちょっと前までのあなたも、そうだった。

いつまでも気ままで豊かな独身貴族として人生を謳歌《おうか》している、その歳になっても充分に若い女として色香を誉《ほ》められ求められる、といわれることだってあるのに。

いい歳して旦那も子どももいなくて若作りしてその日暮らし、そもそもお母さんもあれだしね、と哀れまれ笑われている気がした。

被害妄想といえばそうだけど、それまでは被害妄想を抱いたことなどなかった。須美香さんが突然に現実を見つめて己を振り返って焦りだしたのは、ずばり、いなくなったときのお母さんの年齢になったと気づいたから。

「同い年になっちゃった」

自分もこのまま、不意に人生を断ち切られる気がした。

なんとか一発逆転の方法はないか、一気に尊敬や羨望《せんぼう》を集められる道はないか、と考えるうちに、とんでもないところに着地点を決めた。

いや、あなたとしては絶対に華麗な着地を決められるものとして見た。

女性文化人というものになりたい、いや、なれる、なろうと思い立った。

さすがにあなたも、三十半ばを過ぎて学歴も職歴も特技も資格も受賞歴も何もない自分が、今からキー局の女子アナやオリンピック級のスポーツ選手、人気ドラマや大作映画のヒロインを演じる女優になれないことはわかっていた。

だけどテレビや雑誌には、もっと年上でぐっと容姿の落ちる女達が、まさに芸能人みたいな装いと態度で登場している。

彼女らは文化人といわれるジャンルだから、容姿や年齢をそんなに問われない。

それどころか先生と呼ばれ、文字通りの文化人、知性がある、教養が深い、特別な才能に恵まれたと尊敬されているじゃないか。

これだ。あなたは自身のひらめきというより、天から啓示を与えられた気になった。いろいろ検索してみて、確かにすごい高学歴、親が高名、名門の出、女優でもいけたような美女もいるものの、経歴もぱっとせず、容姿もそこらのおばさんみたいなのがテレビでレギュラーを持っていたり、グラビアを飾っていたりする。

自分がこの中に入れば、飛び抜けた美人として、他を圧するセクシーさでちやほやされるはずよ。そう勘違いするあなたは、ただちやほやされたかっただけ。

それでもあなたは、一応は戦略を立てた。以前は無邪気に自惚《うぬぼ》れていたけど、プロとして通用しそうなものは何もないことがわかる程度には大人になっていた。

幼い頃からの素養や実績、先端の情報や技術が必要な音楽系、美術系、学問系には行かず、漫画も描けない、料理も手芸もできない、と消去法でいき、作家にたどり着いた。

作家もそんなふうにいわれれば怒るだろうが、現実に作家はなんの資格も許可証も要らず、経歴は問われない。

ゼロどころか、マイナスであってもいいのだ。マイナスの部分こそが、プラスとして転じ輝くこともある。

前科者だろうが殺人者だろうがヤクザだろうが、門戸《もんこ》は開かれている。

最初から壮大な物語や緻密な構成の必要な大作、専門的知識の必要な分野も無理と除き、まずは自伝を出そうと思い立った。

その本が売れたらドラマ化され映画化され、自分も出演する。一気に自分が表舞台に躍り出て、一躍時の人となる。

お母さんの話は、あえて伏せておく。ある程度の知名度や人気を得てから、さらなる投下をするまで温存だ。

それにあなたは自分を、お母さんの話抜きでもこの上なく波乱万丈でドラマチックな人生を生きてきたと思い込んでいた。

そのまま書けば、衝撃的デビュー作になると考えた。

お母さんの件があるので、確かに平平凡凡ではないかもしれないが、そのくらいの半生を送ってきた女、そのような生い立ちの人はたくさんいる。

そしてこの世には、もっと劇的、もっと波乱に満ちた人生を送ってきた人、比べ物にならないほど数奇な生き方をしてきた人はいるのだ。

その人達はひっそり、地道に社会に溶け込んで生きていて、それで儲《もう》けよう目立とうとは思ってないだけで。

ともあれ、あなたは粗っぽいながらも原稿用紙にして百枚ほどは書き上げた。そこのところは、素直に誉めてやってもいいでしょう。

あなたの短絡的な前のめりの変に熱くなる性質は、たまに努力にもつながる。

作家になりたい、編集者を紹介しろといいながら、一枚も書かない作家志願者は少なくないのだ。

依頼されたら書くなどと、起きたまま寝言をいったりもする。

なんだかんだで、破綻していても拙《つたな》くても、あなたは百枚を書き上げ、いろいろな小説誌の編集部にメールで送りつけた。

「すべて、本当の話です」

行きつけの店に出版社やテレビ局といったマスコミ関係者が来れば、プリントアウトしたものを押し付けた。

「作家デビューします」

ＳＮＳ検索も欠かさず、めぼしい作家や漫画家、編集者にも読んでくれと片っ端からダイレクトメールを送り、コメントを書き込んだ。

肝心な、もしも世に出れば最も話題になりそうな箇所、下手をすればキワモノとしてしか見られなくなる部分は隠し、要らないところは無駄に飾り立ててあった。

お父さんは、常に訴訟や脅迫といったもののつきまとうブラックな企業の社長だけれど、海外にも支店がある大企業にし、お手伝いさんは派遣されてくるパートの人達だったけど、古くから家に住み込んでいた人達にした。

実母は早くに亡くなったことにし、死因はぼかした。美貌と知性をほのめかし、良妻賢母であったと強調し、悲劇性ばかりを高めた。

義母に手を上げられたことはないのに、死ぬほど折檻《せっかん》されて飢えさせられ、盗みを疑われて義母に叩きだされたことにした。もちろん、冤罪《えんざい》を強調しておくのも忘れない。

その義母も現在は仲直りし、実の母のように慕っていることにした。実際は相変わらず絶縁状態にあり、お互い早く死ねと祈っている。

腹違いの弟は、いい大学を出てお父さんの会社ではなくもっと確かな一流企業に勤めていた。これは、事実だ。

書きながら、あなたも自覚した。須美香さんの存在は、今熊の家では邪魔なのだった。

このまま何事もなく、どこかでひっそり生きていてほしい。それが実家の家族の願いだ。まるであなたは、亡き前妻のように扱われていた。

生きているけど、死んでいる。死んでいるけど、生きている。ある一定期間が過ぎれば、死んだものとして扱える。

自叙伝と銘打ちながら、ほとんど小説、創作となっていく。風俗店の勤務は伏せ、高級クラブや人気キャバで常にナンバーワンだったとした。裏稼業の男の愛人だったことも隠し、高貴な方々とのロマンスをでっちあげた。

商店街の金持ち、一般的には無名の地方議員、その分野のマニアでなければ知らないスポーツ選手や、昔ちょっと売れた芸人にB級タレントといった客は確かについていたが、大臣クラスの政治家、日本中で大人気のプロ選手や芸能人と付き合ったことにした。

半ば恍惚《こうこつ》としているじいさんの、いわゆる後妻業をして貯金を巻きあげたこと、ヤクザと組んで美人局《つつもたせ》、結婚詐欺を繰り返してきたことなどは一切触れなかった。

SNSにはものすごい修整をした、ほぼ別人のような美人に撮れた画像も盛り込んだ。長年の不摂生と整形のしすぎで、あなたは目鼻立ちはさておき、髪も肌も荒れて傷み、かなり実年齢より老けていた。

「須美香会に入って下さい。私のファンクラブです。あなたは、須美香会に入るに相応しいと、私が判断しました」

手当たり次第に、ダイレクトメールを送りつける作戦にも出た。完全無視、一発ブロック、落ち込む対応もされ続けた。変な出会い系に誘導され、完璧にエロ目的や変態といっていい奴《やつ》からの卑《ひ》猥《わい》な画像にメール。一つとして、

「素晴らしい文章です。うちで書籍化しましょう」

というのはない。圧倒的なのは、大金をふんだくってぺらぺらの本に仕立て、すべて作者本人に買い取らせる詐欺的な自費出版本の誘いだ。

捗々《はかばか》しい結果はまるで得られないままに、無為に時間が過ぎていく。

須美香さんとしては焦りを感じていても、ちゃっかり夜遊びと男遊びにも溺れていた。

父はこんな気分で母を待っていたんだろうか、とも、ふと考えた。ママも助けを待つ間は、途方もなく長い時間と感じていたのね。初めてのように、胸が痛んだ。

捕まらない程度の詐欺や薬物なんかも、芸の肥やし、芸術家の無頼な日々とした。

そうしてある日、あなたは一人の男から連絡をもらう。あなたはあまりにも片っ端から連絡をしすぎていて、どこの誰だかとっさにわからなかった。

普段、非通知や通知不可、となっている電話には出ないことにしているが、ついその通知不可の電話には出てしまった。

しばらく、沈黙が続いた。その向こうに、黒々とした闇でもなく変質者の息遣いでもなく、ああ、

ついに来たな、と予感させる何かがあった。

「あの、どこのどなたでしょうか」

聞いたことがあるような、ないような声で一言。

「黒井ミサを知る者です」

※

その瞬間、須美香さん、あなたは小さく叫んだでしょう。

「本物だ」

出版関係者として本物、という意味合いもあったけれど。

「ついに来たわ、本物が」

黒井ミサという名前を知る人は、かなり限られていた。

あなたのお母さんの、最後の謎めいた言葉に出てくる名前。結局、それは島倉里紗の偽名ということになった。

誘拐し、おそらくはすぐに殺害したお母さんに対し、里紗は本名を名乗らなかった。

「黒井ミサと一緒にいる、というのよ」

お母さんはきっと、そう命じられただけと解釈された。

警察の結論も、黒井ミサという人は実在しない、となった。

当時は、電話に録音装置などついてなかった。お父さんも警察にその名前は出したものの、聞き間違いだったかもしれない、と途中から曖昧《あいまい》になった。

マスコミには、その偽名であるとされた黒井ミサの名前は流れなかった。

その名前は、事件とともに今熊の家では禁忌《きんき》、禁句となっていた。須美香さんも、適当な相手にしか話していない。

だから黒井ミサという名前の重要性を知っているのは、お父さんと須美香さん、そして取り調べに当たった警察関係者だけだ。

お父さんも、後妻には極力あの事件と前妻については、語らないようにしていた。事件後にできた無関係な可愛い息子に、暗い話はしたくなかった。

あなたは、それを思うと暗くなり、いら立ちも覚える。お父さんの新たな家庭。自分はそこにはいない。お母さんもいない。もう、あそこには帰れない。

自分の居場所は、もっと別の場所にある。そこは黄泉《よみ》の国なんていわれたらためらうけど、どこかに帰りたいという気持ちより、どこかに行きたいという気持ちが強まる。

いずれにしても、警察関係者が今頃になって須美香さんに、そんな電話をして来るとは考えにくい。犯人の生き残り、という線もあるが、

「黒井ミサを知るあなたは、誰なんですか」

緊張しながら、そう問いかけた。男はそこからは、くだけた口調で続けた。

「とりあえず、今は種市基剛《たねいちもとたけ》と名乗っておきます」

あの日のことが、生々しく鮮やかによみがえる。

お母さんの顔を最後に見たのは、幼稚園に送ってもらった朝だ。何でもない、いつもの朝だったはずだ。

しかしあのときもう、島倉里紗と寺石佐和夫、そして黒井ミサは密《ひそ》かにお母さんをつけ狙っていた。嫌な、不吉な朝だった。

とても身近なところに、潜んでいたのかもしれない。もしかしたら、彼らの視界に自分は入っていたのかもしれないと想像すれば、寒気がする。

「私は出版、著述業、論文、そのような世界に関わっており、テレビやラジオ、映画や美術の世界も関わりがなくはないです」

「素敵。お待ちしてました」

あなたは、はしゃいでいた。本物、という瞬時のひらめきに高揚しきっていた。

「須美香会にも、入りたいですね」

でも、すぐ飛びつくのは待とうか。さんざん、嘘つき達を見てきたあなただ。懲《こ》りないところもあったけど、一応は人を疑ってかかるくらいの処世は身につけていた。

「あの、黒井ミサって本当にいるんですか」

どうしても、ここに食いついてしまう。

「その話は、直接お会いしてからにしましょう」

ややためらいもあったが、それよりも心惹《こころひ》かれるものが強すぎた。危険な、しかしめくるめく予感があなたを縛りつけた。

「いつ会えるんですか」

「じゃあ、これから会いましょう」

「えっ、あなたどこにいるの」

「須美香さんの、近くですよ」

そうして種市基剛と名乗る男は、どこか含み笑いをしながら、

「ちょうど一時間後に迎えにあがります」

といって電話を切った。電話を持ったまま、しばらく須美香さんは固まっていた。

なんの準備もできないような、永遠に感じられるような、一時間。

彼の名前は偽名なのか筆名のようなものなのか、あるいは逆に世間には公表していない本名なのか。

検索しても、該当者らしき人を見つけ出せなかった。

どこの誰に小説を送ったかも調べてみたが、数がありすぎてよくわからなかった。

「ママ」

久しぶりに、つぶやく。もちろん、返事はない。あっても困る。

待ち合わせ場所には、マンション近くのコンビニ前を指定しておいた。やはり、最初から密室に二人きりや、人通りのないところで会うのは避けた方がいいと。

やがて現れた種市基剛は、予想通りとも予想以上ともいえた。夏のじっとり重い空気の中で、青

ざめた冷ややかさをまとっていた。

「あなたもですよ。予想通りとも予想以上ともいえます」

まるで、須美香さんの心の内をすべて読み取れるようなまなざしだった。

芸能人のような派手な美男ではないにしても、知性と優雅さとがにじみ出る、誰からも好感を持たれそうな落ち着いた風貌。

背も高いのに威圧感はなく、優しげなのに強い自信にあふれていた。ただ、生気が感じられなかった。半ば、この世の人ではないような皮膚感があった。

「さぁ、行きましょう」

「えっ、どこへ」

「あなたが行きたいところです」

若くはない。でも、若くないことがマイナスではない。むしろ好ましい、頼もしい要点ともなった。二人きりは、もう怖くない。二人きりに、なりたい。

車も服も時計も高級品なのは一目瞭然としても、高いからではなく好きだから身に着けているというのも伝わってきた。そのものの価値より、彼が選んだからこそ価値がある、といった気がした。

自分も、彼に選ばれた。だから自分は価値がある。須美香さん、あなたはそう感じて高ぶった。

彼のひんやりしてそうな肌に、触れたかった。

助手席に座る須美香さんは、いつになく緊張してぎくしゃくしていた。

今まで嗅いだことがあるような、ないような。濃厚な異国の花の香りが漂う中、車は滑り出した。あなたは期待ではなく、覚悟を決めた。

須美香さんが行きたいところへ、といったのに、車は勝手に彼が方向を決める。けれど間違いなく、自分が行きたいところだとあなたは確信した。

「あの、私は自伝を書きたいんですが」

「素晴らしい。あなたの人生はすべての人に感動と衝撃を与えるでしょう」

須美香さんは夢中で、改めて自伝について語った。彼の聞き方は巧みというより相性が良い感じで、どんどん話が広がっていった。

「すごいな。ドラマチックすぎる」

「あの、でも、一番すごい話を出すかどうか迷ってるんです」

彼は絶対に、知っている。それも確信していた。なんといっても、黒井ミサの名前を出してきたのだから。

「それも、相談しましょう」

「あの話がなくても、私の半生はすごいんです」

「わかりますよ。黒井ミサもそういってますから」

それにしても、車はどこを走っているのだろう。高級車なのに、カーナビがついてない。彼によると、あえて外してきたという。

「時間や場所を気にせず、あなたの話に没頭するためです」

といった。妙ないい訳だが、あなたはすんなり受け入れられた。

いつの間にか車は、なんとなく知っている、土地勘のある繁華街や都心を抜け、郊外に向かっていった。どんどん、知らない景色になっていく。

日本国中、どこにでもある、どこだかとっさにわからない、あまりにも平凡すぎて特徴がなさすぎて、だから安心もできるし不安にもなってくる景色。

「もしかして、ご自宅に向かってますか」

「それはお楽しみに」

彼は黒井ミサの名前は盛んに出すのに、どういう女なのか、どう関わっているのか、それはまったく語らない。

そして須美香さんのお母さんの事件についても、あなたが思い切って切りだそうとすると巧みに避け、話を逸らす。

それゆえに、ああ、本当にこの人はいろんなことを知っているんだ、と予感させた。

いつしかまったく見知らぬ田舎道に入り、外灯も建物の灯《あかり》も乏しくなり、どこか異国に連れてこられたような雰囲気になってきた。

「あの、えっと、あなたとっても素敵ね。渋くてかっこいい」

不安と興奮を抑えようと、努めて落ち着いた声を出したつもりだ。彼はくすっと笑った。

「いや、私なんか蛆虫《うじむし》みたいなもんですよ」

蛆虫。唐突にそんな言葉が出てきて、ぎょっとした。

あまり、自虐や何かの譬《たと》え、悪口に真っ先に蛆虫を持ってくる人はいない。不穏な引っかかりを感じた。蛆虫。

「蠅《はえ》にもなれない、蛆虫」

なんだろう、これ。何かのすごく嫌な記憶と結びついている。蛆虫を悪口に使う気味悪い誰かが、過去のどこかにいたような。

須美香さんは、蛆虫なんか見たことがない。都会では、蠅もあんまり見ない。

これまで付き合ってきた、だましてきた、歳とった男達。彼らが田舎の家にいた頃、幼かった頃の話をする際、汲《く》み取《と》り式トイレに蛆虫がいたとか、道端の動物の死骸にたかっていたとか、聞かされたことはある。

危険な仕事をしている男達が、夏場は三日もすりゃ蛆虫と蠅だらけだ、みたいな黒い笑い方をしていたのも思い出した。

でも、それらとも何か違う。なんだろう、思い出せない。

いや、それよりも。初対面の素性もはっきりしない男と寂しい見知らぬ、しかも人家も乏しい見渡す限り田んぼと山みたいな場所に来ている。さらに、密室となる車だ。

普通ならとても怖い状況のはずなのに、不思議とあなたは平気というよりときめきすら覚えていた。じっとり、いろんなところが湿ってきた。

「あの、私って作家になれますよね」

「もちろん。あなたは、そこらの三文文士《さんもんぶんし》とは違う」

三文文士。その古風すぎるいい方にもまた、引っかかる。三流の、ろくでもない売れない物書きを指すことは、知っていた。

でも、そんな古いいい回し、どこで覚えたんだったか。最初に、誰に教えてもらったんだったか。

平成生まれは、まず使わない死語。

確かに、蛆虫と結びついている。でも、やっぱり思い出せない。もうちょっとで、思い出せそうな気もする。でも、思い出したらとても不快になりそうな予感もある。

もどかしい。検索したい。いろんなものを調べ、確かめたい。でも、彼の手前、大っぴらにスマホを出してみるのははばかられた。

なんといっても、彼との話に夢中になっていた。彼そのものに、蕩《とろ》けていた。

そうこうするうちに、あなたは急激な眠気に襲われた。生ぬるい泥に沈められるような、心地よいのに不安な死のような眠気に。

お母さんも、誘拐されるとき車に乗せられていた。行き先に死があるとは思わずに。いや、すでに見えないカーナビに、死に場所は表示されていたか。

※

須美香さんはまるで麻酔をかけられたかのように、基剛の車の中でぷっつりと意識を失ってしまった。

一瞬、あ、このまま死ぬのかな、と思ったでしょう。でもそれは恐怖ではなく、何か奇妙に安らぎみたいなものもあったはず。

気がつくと大きなお屋敷、もしかしたらホテルかも、という建物の中にいた。

夜眠って夢を見ながら、今の自分は夢を見ていると自覚しているときがある。ちょうどあんな感じだった。

格式ある旅館のような純然たる和室もあれば、ベルサイユ宮殿かというような豪華すぎる洋間があり、中国系のお堂のような赤に彩られた部屋もあった。とにかく、どこにも生きた人の気配がない。

洗濯室、従業員控え室、といった木のプレートのかかる部屋はみな、厳重に施錠してある。なんなんだろう、やっぱりここは、普通の家ではないのか。

誰もいない。自分すら、いないのではないかと不安になる。

あまり手入れのされていない、澱《よど》んだ人工の池がある。異様な数の、オタマジャクシ。堆積《たいせき》する枯草や枯れ枝の中に、見たことのない草や虫がいる。似ているのではなく、本物の人間の目玉がついた芋虫や、人の髪の毛でしかない草。

「お目ざめですか」

もしも、発熱しない熱病というものがあれば、こんな感じじゃか。

あなたはふらふらとふわふわと、建物の中をさまよった。生花か造花かわからない花々に囲まれた、深い迷路だった。

「誰」

確かに、誰かに話しかけられたのに。誰もいない。

大昔の病院のような一角。赤い擦りきれた、でも豪奢《ごうしゃ》な絨毯《じゅうたん》。極彩色の天女の透かし彫りが天井近くにある。あちこちに、奇妙な笑っている象のような置物。鳥居の形の鏡台。濃淡をつけた一色の薔薇が描かれた壺《つぼ》。すべてが古い。古くて、寂しい。

病室としか思えないドアがずらっと並び、どこかで旧式の洗濯機の回る音、ボイラーの燃える音がする。かすかに、テニスをする音も。

そのどこかで、あなたはついに出会う。黒井ミサに。

「あなたね」

「そうですよ」

長い黒髪の女は、髪や瞳よりも黒い、外の闇よりも黒い服を着ていた。三十くらいだろうか。不吉な感じのする、きれいな女。

「種市さんはどこ」

どこかで見た女。これは間違いなく、黒井ミサか。何かもう一つ、確信が持てない。そもそも黒井ミサは、実在しないかもしれないのだ。いるけど、いない。いないけど、いる。生きて死んでいる、死んで生きているお母さんのように。

「種市基剛さんはこの建物のどこかにいますが、私がとりあえず屋敷の中を案内するよう、いわれております」

黒い服は、古風なメイド服だ。長袖、長いスカート。黒いタイツ。黒いかかとの低い靴。ひどく従順で地味にも見えたし、異様に不吉にも見えた。

「私が代理人、案内人ということです」

目の前にいる女は、いい人にも悪い人にも見えず、ただ生気がない。精巧な人形で、誰かに操作されている、というふうにも見えた。

「ねぇ、あなたもしかして、黒井ミサなの」

するりと、その名前が出た。

「それは答えられません」

肯定しているのか、否定しているのか。わからない。生気のない人形のような影のような、でも美しい女は微笑《ほほえ》む。

「でも、黒井ミサと呼んでくれてもいいんですよ」

わからない。黒井ミサなのか、黒井ミサでないのか。

「ミサさん。ここどこなの」

ついていきながら、何度か訊《たず》ねる。

「わからなくてもいいんですよ」

振り返らず、女はすいすいと進んでいく。

途中、ミサに何かを食べさせられたような、何かを飲まされたような、何かを嗅がされたような気がする。

黒ずんだ銀器に盛られた、枯れ葉にしか見えないサラダ。頭蓋骨を切り取ったような不気味な容器に満たされた、血の味のワイン。平べったい石の上に燻《ふす》ぶる、皮膚を焦がした臭いがする黒い粉。

「あなたやっぱり、黒井ミサじゃないわ」

「さぁ、どうでしょう」

朦朧《もうろう》としながら足取りも怪しくなりながらも、須美香さんは必死に倒れないよう、はぐれないよう、意識だけ保っていたつもりだ。

それでもミサと呼んでしまう女は、いつのまに背後にいたかと思うと隣の部屋にいたり、暗い廊下を手を取って歩いてくれていると思ったら、須美香さんは一人で煌々《こうこう》とシャンデリアの輝く広い居間の真ん中に座っていたり。

「ここはどこ。種市さんはどこ」

風、時間、空気、みんな停滞している。時間が逆戻りしていくような、止まっているような、ここはすでに、この世ではないような。

「あなたは本当に黒井ミサさんなの。私はどうなるの」

いっぱい、聞きたいことはある。でも、どれにもミサは答えない。

「すべては、いずれ明らかになりますから」

渡り廊下から、長らく放置されているような荒れた庭が見える。なぜ、五、六ある地蔵の首がすべて切り取られているのか。

小さな鳥居に祠《ほこら》。何かがうごめく。地蔵の欠片《かけら》なのか、石の破片で何やら呪術的な匂いがするものが作られている。

石を組み合わせて塔のようにして、枯れた花が供えられている。小さなかまどのような物を作り、中で何か燃やした焦げ跡もある。

誰もいないようでもあり、大勢のざわめきも感じる。死者や異界の者も紛れている。渡り廊下のあちこちに置かれている彫像は動き、飾られている絵の目も瞬《まばた》きをする。

庭の苔《こけ》むした灯籠の中で、何かが動いていた。人のようで人でないもの。悪い神様と、哀れな小鬼だ。

「ミサさん、どこ」

基剛ではなく、ミサを追い求める。今、自分はどこにいる。今自分は何をしている。今あの彼は、何をしようとしている。ミサって何者。

「須美香ちゃん」

ミサに呼ばれたのではない。ママの声だ。

あなたは一瞬、立ち止まる。どうしよう。ママがいる。

死んだお母さんの声がした。やっぱり、お母さんは生きてない。だから、返事をしていいのか。いけない。返事をしたら、きっとここから出られなくなる。

あなたは直感し、聞こえなかったふりをした。庭で、悲鳴のような鳥の声。鳥がまた、お母さんの声で鳴く。

「私、逃げられない」

これはあなたの叫びではなく、お母さんの声。

きっと、お母さんの顔をした鳥。そんなものに飛んでこられたら、嫌だ。いくら顔がお母さんでも、それはお母さんではない。

混沌《こんとん》と混乱と陶酔《とうすい》の後に、あなたは広いベッドに一人で寝かされているのに気づく。黴臭《かびくさ》い、でも洗濯はしてあるシーツ。どこまでも、ひんやりしている。

ところどころ欠けた石の暖炉の上に、上半身が天女のような美女、下半身が鳥の姿の何者かの浮彫《うきぼり》がある。極彩色が、褪《あ》せていない。

さっき人の声で鳴いていたのは、これか。違う。あれは、お母さん。

「ミサさん、いたら返事して」

バッグやスマホはどこか、一瞬気にはなったけれど、それよりも閉め切っていないドアから漏れてくる、あちらの部屋の灯の方が気になる。

あなたはふらふらと、でもまっすぐにそちらに向かう。赤い絨毯の色に紛れ、あちこちに血の跡がある。

旧式の錆《さ》びた螺子《ねじ》の鍵が、陰鬱な隙間風にかたかたと鳴る。

広い応接間。古びた布張りの、でもきっと高価なはずのソファ。褪せたピンク。そこには、基剛が座っていた。その傍らに、ミサが立っている。

「私を抱いて……じゃない、私の話を聞いて」

ミサの目は気にせず、彼にすがりつく。

「聞いてよ、私の話を」

彼は拒まないけれど、身じろぎもせずにささやく。

「あなたの自伝は未完成だ。もっと練って、さらに膨らませてうんと飾り立てよう。あなたはまだ、書く材料を持っている。出し惜しみせず、もっと書きましょう」

密着する彼の皮膚は、死んだ人のそれだ。

「もう少し後に、完成するはずだ。本にするよう、私もいろいろなところに働きかけます。あなたが賞賛を得られるよう」

あとは断片的だ。あなたは気がつくと、自宅のリビングにぼんやりと座っていた。彼に会いに出かけたときの服装、そのままだ。

痛みやケガなどはない。バッグもあり、中身も何かなくなっているということもない。スマホには、誰もさわった気配はない。

彼が迎えに来てから、ちょうど二十四時間が過ぎていた。もしかして自分はずっと一日中、ここに座ったまま夢を見ていたのか。

あれこれ調べたけれど、彼の連絡先も通話履歴も何もない。ましてや、ミサなどまったくもって正体不明、あれこそが夢の中にしか存在しないものだという気がした。

いくらどうやって検索しても、あの建物はわからない。そもそも、何県の何町かも見当がつかない。この世にあるのかも、怪しい。

種市基剛。たぶん、いい人ではない。あなたは、もうわかっている。

黒井ミサらしき女。こちらもまた、よいものではない。あなたは、それもわかっている。けれどあなたは、逃れられない。お母さんのように。

※

それでもあなたは、ひたすらに書いた。とことん、パソコンに向かった。

須美香さんにとって、生まれて初めてのことだったんじゃないの、そんなに必死に何かに取り組んだのは。

それはあなたの中に、神様が二人いたから。邪教の神であろうと、異教の神であろうと、神は神。

あなたは、すがる。

種市基剛さんと、お母さん。どちらにも祈る。

「この人のために書く、という拠《よ》り所《どころ》が欲しいの」

執筆の合間に、疲れたときに、行き詰まったときに。誰もいない空間に向かい、須美香さんは語りかける。

「書かせて、私に」

あなたは、お母さんの写真は持ってない。実家に戻ればあるのだろうけど、お父さんがしまい込んでいる。

もしかしたら、あの後妻がこっそり処分してしまったかもしれない。

すでに記憶の中からもお母さんの顔は消えかかっていて、思い出そうとすると別のものが出てくる。体が鳥になっている。

消えかかっているようで生々しく脳裏にこびりついてもいる、犯人とされた島倉里紗のぼんやりとした白黒の画像とも混ざり合う。

だったら、本当のお母さんの写真を探してきて飾ればいいという考えもあるだろうけど、無理矢理に見つけ出すこともしたくない。

正直いって、お母さんの写真を飾るのも怖い。

自分にそっくりだったら。記憶の中の人とまったく違ったら。そんなことを想像すると、やっぱり要らないわ、となる。

種市基剛は純然たる神様で、お母様はある種の祟《たた》り神になっていた。罰を当てられたくないから、祀《まつ》る。災いが起こらないよう、諫《いさ》めて何かを捧《ささ》げてなだめる。

あれから、連絡は一切なかった。けれどあなたは、確信していた。

「書けたら、来てくれるわね」

あなたはその間、本当にがんばった。化粧もせずパジャマのまんまでほとんど引きこもって、夜遊びも男漁《おとこあさ》りもせず、食事もみんな簡単な自炊か、安い出前で済ませ、酒も飲まずタバコも吸わず、テレビも観ない。

なんだか自分が、修行僧のように感じられてきた。何かの求道者みたいな雰囲気をまとってきた、と自分でも思った。

行きつく先には、女性文化人としてちやほやされたい、という当初の目的ではなく、種市基剛が抱きしめてくれる、というのが同位置に設定されてしまった。

とはいえ、相変わらず書くものの中身は自叙伝と銘打ちつつ、かなりの創作が入っていたのは変わりない。

ただ、無から紡ぎ出した、ゼロから作ったものはない。マッチ箱をコンテナくらいの大きさにする、とでもいおうか。

たとえば飲み仲間の一人だった、そこそこ有名人の取り巻きとして仕事場にくっついていき、そこで大御所とされる芸術家に会った。

彼はまったくの社交辞令で、そこにいた全員に向かって、

「もしぼくの別荘の近くまで来たら、立ち寄ってよ」

と笑いかけた。全員、それが社交辞令とわかっているから、ぜひに、と大人の対応で微笑み返し、それはそこで終わったはずだ。なのに須美香さんは、

「あの芸術家に一日惚れされて、無理矢理に別荘に連れ込まれそうになった」

といいふらし、書いている。ここで重要にして厄介なのは、まったくの事実無根、ゼロから作った嘘ではないというところ。

芸術家に会ったのは本当だし、別荘に誘われたのも事実。須美香さんがいってることは、小さな、しかし確たる事実も含まれている。

でも……いってることと実情は、大いに違っている。一事が万事、この調子。

芸術家と周りの人達にとっては不幸、須美香さんにとっては幸運なのは、その芸術家がその後に

病気で亡くなってしまったこと。そりゃ話が違うよ、もしくは、あなた誰だっけという当人がいなくなった。

死人に口なし。いえ、魔女の手にかかれば、死人は口なしじゃなくなるんだけどね。

あなたは好き放題に、いいっぱなしの書きっぱなし。この調子で、死んだ人や二度と会わない有名人、芸能人を一応は匿名《とくめい》とはいえ、話を盛りまくって出しまくった。

ホステスをしていた頃、客としてきただけの芸能人を愛人だったとしたり、風俗嬢だったとき、ただ一度だけ相手をした有名人を、パトロンだったとしたり。成金の外国人の性接待に安く使われたのも、相手を王族で外車も一台もらったことにした。

同じような嘘つき仲間に聞いた方法も、パクった。

「大手航空会社キャンペーンガールの最終候補だった。キー局の女子アナ試験はすべて最終選考に残ったけど、そこでどうでもよくなってみんな自分から辞退した」

キャンペーンガールになった、女子アナだった、といえば完全に嘘となるし、調べられたら瞬時にばれる。

でも、最終候補、最終審査はその過程も公にしてショー化するものは別にして、関係者だけの閉ざされた会議室で選考されたものは、外部の人にはわからない。でも、なんとなく箔《はく》がついているような、権威があるような錯覚をさせられる。

そういう小賢《こざか》しい作り話を重ねながらも、お母さんの事件についてはやっぱり、一言も触れないままにする。それは彼とも相談したつもりだ。

「第二弾として出すのね」

「第一弾のデビュー作も充分に刺激的、扇情的《せんじょうてき》なのだから、第二弾はさらなる強烈なものがなけりゃね。お母さんの話は、そこでだよ」

そうして一か月が過ぎた頃、本当に種市基剛は迎えに来てくれた。

前のときとまったく変わらない服装で、まるであの日の続きをしているような錯覚にとらわれた。あのときから時間は数分しか経過してないのではないか、と。

「あなたのために書いたの」

再びあのようにして車で連れていかれ、奇妙な建物で今度は意識のはっきりしたまま向かい合った。あの日、目覚めた部屋。

屋敷も、変わりなかった。母の顔をした鳥も、死んだ母も、いなかった。

彼と小さなテーブルを挟み、向かい合う。黴臭さのある、でも心地よいソファ。目の前でプリントアウトした原稿を読み、誉めてくれた。

「とても、よくなっている」

いつの間にか、ドアの前に例の黒井ミサらしき女が立っていた。こちらもあの日と同じ、清楚《せいそ》といえば清楚、陰鬱といえば陰鬱な黒ずくめだ。

ミサらしき女は、丸いお盆を捧げ持っている。何かが乗っていて、白い布がかけてある。カップやポット、お茶の用意だろうか。

でも、彼はまるでミサに気づいてもいない態度を取る。意図的に無視しているのではなく、本当に見えていないように。

だからあなたも、そうする。ミサに気づいてない振りをして、ただ彼と向き合う。

「ここに書いてないことも、私は知ってるよ。中学生の頃、毒物を使って義理のお母さんを殺そうとしたことや、愛人だった男が人を殺す場面を見ていたことや、同居していた風俗店の仲間が薬物中毒で死んだとき、路上に捨てたことも」

「そんなこともあったっけ」

いつの間にか、黒井ミサらしき女がドアから離れ、二人の間に立っていた。テーブルにお盆を載せ、布を取り去る。

「須美香ちゃん」

そこには、お母さんの首が乗っていた。

なつかしい、美しかったお母さん。いなくなったときの顔だ。お母さんの首は、あなたを見つめる。口が、ゆっくり開く。

「まだ間に合うわ。早く逃げて」

いつのまにか、彼はあなたの隣に来ている。お母さんと目を合わさせないよう、会話をさせないよう、抱き寄せてくれる。

ミサは、お母さんの首を乗せたお盆を再び捧げ持ち、立ち去る。ふわり、お母さんの顔にかかっていた白い布が舞い、床に落ちる。

その下から、おびただしい蛆虫が這《は》い出す。

あなたは彼にすがりつく。そして互いにもっと深く愛し合おうという体勢になって……あなたは目を覚ました。

自宅マンション近くの小さな公園のベンチに、あなたは寝ていた。どう見ても、酔っぱらって寝入ったとしか見えない姿だ。

幸いにもといっていいのか、部屋に戻ってわかったが、手ぶらでそこまで行ったようで、持ち物がなくなっているなんてことはなかった。

鍵もかけてなかったのに、何も盗《と》られていないし、誰かが侵入した跡もない。

体に何かよからぬことをされている、何か飲まされた、というのも感じなかった。ただ、ひどく疲れていた。

部屋に戻ったあなたは、再びベッドで寝入った。泥に呑まれるようにではなく、自分自身が泥になったかのように。

見知らぬ女、いや、よく知った女が夢に出てきた。

幼い頃にいなくなった、お母さんだった。

「あなたね、お母さんのことを思ってくれるのはうれしいけど、妙な神様扱いして、すべてを叶《かな》えてくれる、なんてすがりつかないでちょうだい」

ママ、と呼びかけられない。それくらい、冷ややかな顔。

「しかも邪教の神様みたいにしちゃって、困った話ね。私が成仏できないわ」

「ママ、ごめん」

やっと答えられ、話しかけられた。そこでお母さんは、にっこりしてくれた。

「今からいろいろ心を入れ替えて、まっすぐ真っ当に生きていってちょうだい。自分を書くことで、自分を見据《みす》えなきゃ。そのために、書かせたの」

ちゃんと、首と胴体がつながっている。きれいなお母さん。でも、全然歳を取ってないってことは、そういうことね。やっぱり、死んでるんだ。

「あのね、そもそもあの男はよくないものなのよ。でも、あるものの御使《おつか》いになっている。あんた根っからの男好きだもの。だから、遣わすのは男にしたの」

目覚めたあなたは、母との思い出を少々書き加えた。やっぱり、美化して。とりあえず、二百枚にはなった。

とにかく、一刻も早く形にしたい。あなたが出所は怪しいといってもお金を持っていたのは本当だから、自費出版できる出版社の中で最も有名なところを選んだ。

お金の力で有名画家に徹底的に美化した肖像画を描かせ、表紙にした。そこそこ人気の評論家や作家に金を積み、誉めちぎる書評も書かせた。

もちろん、自作自演にも励んだ。あちこち、誉める書評を投稿した。テレビ局などにもメールした。書店を回って、無理矢理に店長に挨拶もした。

発売から、一週間。あまりあなたが期待する反響はなかったけれど、唐突にあなたにとっては変な強運が舞い降りてきた。

登場する男の一人が、思いがけず時の人となったからだ。

あなたの半生に関してではなく、登場する男についての取材が押し寄せてきた。

あなたの本の中には、その他大勢の一人としてしか登場しない、権兵衛《ごんべえ》。エピソードなんてほとんどない。

「誰もが知る、人気絶調期にあったお笑い芸人にも追い回された」

みたいな感じで、一行くらい登場するだけ。

※

でも、権兵衛は、もちろんこれが本名ではない。

恋人気取りなんか冗談じゃない、だったから、ずっと権兵衛と呼んでいた。

須美香さんは彼の本名すら知らない。知ろうともしなかったし、知りたくもなかった。彼が名乗った気もするけど、覚える気がなかったのですぐ忘れた。

覚えていれば、よかったのにね。

覚えていれば、あなたの人生は大きく変わった。破滅は回避できたかもしれない。いや、あなたのことだから、別の危機を招いていたか。

権兵衛は一昔前、テレビにちょいちょい出ていた時期があった。お笑いのオーディション番組で予選落ちしたけど、見た目とネタにインパクトがあったから、おもしろがられて何かの番組に改めて出され、ちょっとブレイクした。

といっても、いわゆる一発屋だ。完全なる、出オチってやつ。誰も、トーク芸には期待してない。出た瞬間、ワッ権兵衛だ気持ち悪《わる》っ、と笑うだけだ。

「ぼくは蛆虫です」

と裏返った声で叫び、ひっくり返ってくねくねぐにゃぐにゃと身をよじらせる。

「蠅にもなれない蛆虫です」

ただそれだけだが、陰気で貧相ないかにもいじめられっ子然とした権兵衛がそれをやると、見ている者を自動的にいじめっ子気分にさせ、うしろめたさとともに変なサディスティックな興奮をさせられた。

けれどその一発芸しかなく、もともとそんな話術が巧みな訳でもない。見た目もイケメンからはほど遠く、ブサイクでも愛嬌《あいきょう》や強い印象をもたらす、というのでもない。

変なプライドが高く、徹底しておもしろおかしくいじられることも拒み、台本がないアドリブやフリートークはまったくできず、あっという間にテレビから消えた。

ただ、権兵衛の芸能生活の中では最も売れていた時期に、須美香さんがちょっと勤めた店に来たことがあった。

見た瞬間、あなたはうわっ、本当に蛆虫っぽいと寒気がした。

でもそのときは売れていたので適当に愛想も振りまいてやったら、その後も二度ほど指名してくれた。全然、うれしくなかった。

「須美香ちゃん、俺のこと誰かにしゃべったりしたの」

「ないない。だって、あなたは、ほら、これからの人だし」

「じゃあ、いい。俺、ほんっとこれからの人だからね。こんなとこ来てるのは、絶対に内緒だよ。俺、いろいろ事情あって本名も隠し通してるし」

そもそも蛆虫ネタのキモい権兵衛で、ちょっと売れていたとはいってもとうてい自慢できる男、うらやましがられる相手ではない。

そういう店で働いているのも周りには知られたくなかったし、あなたは権兵衛の話を周りにはまったくせず、よくあることだけど、

「友達の知り合いの子が、権兵衛の相手をしたらしいよ。テレビで見るよりずっとキモかったって。なんたってアレが白くて小さくてぶよぶよしてて、マジに蛆虫みたいだったらしい。早く蠅になりたーい、ってイッたって。その友達の知り合い、可哀想〜」

などと、自分ではない知り合いに聞いた話として、ちょっとしただけ。

その後、権兵衛は来なくなった。同時に、テレビからも消えた。

あなたは、すでに彼の連絡先を消していた。自身も携帯を買い替えて、番号もメルアドもすべて変えていた。

みんな権兵衛のせいではない。あなたは定期的にいろんな連絡先をごっそり消すのが、恒例行事の一つとなっていた。

あの種市基剛だけは違う。彼は決して、連絡先を教えてくれない。いつも通知不可の表示で、須美香さんに電話してくるだけ。

絶対に写真も撮らせてくれない。実はこっそり隠し撮りを試みたこともあるけど、真っ黒、真っ白、道路や自分の顔が撮れていたりで、成功しなかった。スマホをあの屋敷の中で取り出しても、必ずGPSが利かなくなっていた。

ＳＮＳで、彼のことを教えて、といった書き込みをするのは控えた。

「私の存在はまだ、内緒にしておいてください」

何度もいわれた。とりあえずあなたは、好きな男のいうことは、聞く。聞かなければ怖い、という予感もある。

彼はさておき、権兵衛だ。今ではすっかり「あの人は今」どころか、「そんな人いたっけ」という状態になっていたのに、突如として日本中を騒がせた。

まるであなたの本の発売に、合わせたかのようだった。

「元、芸人の権兵衛。現在は無職の種市基剛」

ニュースでそのように報道され、あなたは呆気《あっけ》に取られた。

「嘘。なによ、その名前」

突きさすような恐怖はなく、ただただぽかんとしてしまった。

もちろん、あなたを連れ出してくれる素敵な種市基剛と名乗る男と、芸人だった気持ち悪い権兵衛は、まったくの似ても似つかぬ別人だ。

偶然の一致、たまたま同姓同名、とするにはちょっと無理がある。姓も名前も、そんなありふれたものではない。

いずれにしても、権兵衛の方はそれが本名なのだ。テレビで繰り返し、その名前が本名として出されている。初めて知った気がする、権兵衛の本名。

ということは、あの素敵な男性の方が偽名を使っていることになる。なぜ、なんのために。黒井ミサもだけれど、あの彼は須美香さんの過去を詳しく知っている。

そうして、何かを企《たくら》んでいる。それがいいこととは思えない。

そもそも権兵衛は今、全国指名手配犯なのだ。

権兵衛は自殺志願者をサイトで募り、心中するふりをして相手だけを死なせていた。その相手がもう、十人くらいになっていた。

今の時点で最後の犠牲者となった女性の兄が必死に探し回り、妹が最後に立ち寄った権兵衛こと種市基剛の自宅アパートを突き止めたのだ。

そこから、おぞましい事件は次々に暴かれて行き、犠牲者はどんどん増えていった。遺体はすべて、近隣の山中から発見された。

権兵衛は誘い出した自殺志願者を山の中で絞殺したり、練炭を焚いた廃車の中に放置したり、石で頭を叩き割ったりしていた。あきらかに、殺人を楽しんでいたのだ。

そうして、肝心の権兵衛もまた見つからないのだ。

「キモすぎる権兵衛……キモいだけじゃなく、殺人鬼だったなんて」

本気で、吐きそうだった。猟奇的変態の殺人鬼と、肌を合わせていた。今さらながらに、鳥肌が立った。背筋が凍る、というのを体感した。

報道では、権兵衛の最初の殺人は去年からとなっている。いや、違う。すでにあの頃から、異様な空気感をまとっていた。あの頃から、もう殺していたとあなたは確信した。

どこかに逃亡して潜伏しているのか、あるいは彼自身もこの世にいないのか。本物の蛆虫が、わいているのか。

芸名の権兵衛と、本名の種市基剛。そしてもう一つの名前が、ネット上で炎上していた。

自殺志願者をおびき寄せる、それだけのために作ったSNSでのハンドルネーム。それは三文文士。

「彼は、お父さんが売れない物書きというより、自称物書きだったみたいです」

思いがけず、権兵衛の過去を掘り返すことになってしまった。事件後にネットで調べたことを、さも本人から聞いたかのようにあなたはしゃべった。

「まったくお金にならない文章を書いていて、ちゃんと働こうともしない。なのに若い女を追い回して捕まったりして、生活はお母さんが支えてました。権兵衛さんの家はずっと貧しかった。そのお母さんも苦労がたたって、若死にして」

あっという間に須美香さんの本に権兵衛が登場すると知れ渡り、各局、各社からインタビューの申し込みが殺到した。

「よく、権兵衛はお父さんのことを性犯罪者の三文文士と罵《ののし》ってました。お父さんが、周りからそういわれてたみたいですね。でも、それを自分のハンドルネームにつけちゃうなんて。自虐も過ぎる」

忘れきっていたことを、いろいろ思い出しもした。ただし、風俗店で嬢と客として会ったことは伏せた。

夜のどこかの繁華街でナンパされて付き合った、ということにしておいた。

「あの男は、私に惚れ抜いていました。心中しようと持ちかけられました。君に自殺願望はないの、とよく聞かれました」

例によって、マッチ箱をコンテナにも仕上げた。

あなたはいくつかのニュース番組やワイドショーから呼ばれ、コメントをした。かなり盛った経歴も注目され、トーク番組に主役として呼ばれもした。

「波乱万丈の人生を送ってきた美人作家」

として紹介され、今や正真正銘の時の人である権兵衛の元恋人として振る舞った。涙ながらに、大げさな身振り手振りで、

「これを見ていたら自首して」

などとカメラに語りかけた。けれど、種市基剛を名乗るあの素敵な彼のことは黙っていた。自分の暗い幼少期の事件も、まだ黙っていた。

しゃべれば、あの彼にあらぬ疑いや迷惑がかかる。彼に恨まれる。もう会えなくなる。

お母さんの事件はまったくの被害者側なのに、変な色眼鏡で見られるようになったら、無関係な権兵衛の事件とも結びつけられ、何やらおどろおどろしい創作や憶測をされてしまいそうで嫌だった。

怖い黒い糸が絡まり合っているのはわかるが、今一気にときほぐしても怖い。

「権兵衛との日々は、いずれ書きます」

今まで、有名人とのスキャンダルで売名しよう、世に出ようとする女達はごまんといた。それでいっとき有名になっても、そこから人気タレントになった女、ずっとテレビに出続けている女は皆無といっていい。

あなたはあなたなりに、計算したし学習していた。あの手の女達は、とにかく承認欲求と自己愛が強すぎ、今すぐ、この瞬間にも「イイネ」が欲しい。

一挙手一投足に、いちいちイイネのボタンを押してほしい。だから、進行形なのにすべてをぱんぱん出してしまう。すぐに弾切れだ。

大ネタは、取っておかなければ。あなたにとってお母さんは、崇る神様であるだけでなく、もはや悲劇のヒロインとして利用するネタでしかなくなっていた。

お父さんから連絡があったけど、無視した。要らないことはいわれたくない。

でも。念願の美女文化人として脚光を浴びるかと思ったのに、テレビからお呼びがかかるのは一か月ほどで終わった。事件報道も、収束していった。

あまりにも気持ち悪すぎて、権兵衛のニュースが始まるとチャンネルを変えるという人が続出したのだ。特集した週刊誌なども、売れなかった。

権兵衛に殺された自殺志願者がみんな、元は真面目で善良で、それゆえに悩んで死のうとしたところを権兵衛に付け込まれ、餌食にされた。

あまりに被害者達が気の毒すぎて、もうそっとしておいてあげたい、ご遺族もそう願っている、となっていったのだ。

肝心の権兵衛は、事件から一か月が過ぎても、見つからないままだ。

たぶんもう死んでいる、というのが大方の見方だった。

生きているなら、権兵衛から連絡があると怯《おび》えもしたけれど、気配すらない。そしてあなたにとっての種市基剛である彼も、その後は連絡がない。

そうしてどこの出版社も、第二弾を出したいとはいってこなかった。デビュー作も、思ったほど売れなかった。そもそも、シンプルにおもしろくないからだ。

あなたが意を決してマスコミ関係者に、

「実はあの未解決事件の被害者は母なんです」

と打ち明けても、あまり反応はない。その事件は、すでに風化していた。お母さんの事件、権兵衛の事件、関係者にとっては時が止まったようなものでも、無関係の人達はあっという間に忘れていくのはどうしようもない。

期待したほど、あなたは視聴者にも読者にもネット民にも、きれいとちやほやもされなかった。

それどころか、

「太めのガラガラ声の、品のないオバチャン」

「むちゃくちゃ、自撮りだけはうまいよね」

「権兵衛とお似合いのヤバさ。それに嘘つきだよね、相当な」

というのが世間の総意となった。あなたは衝撃を受けた。世間が自分に嫉妬していると、持っていくしかなかった。

かつての知り合いも同級生もテレビを観ただろうが、無視された。好奇心丸出し、下種《げす》な興味津々のネット民だけがまとわりついてきて、こいつらはまったく実にならない。

次々に事件やスキャンダルは起こり、あっという間に消費されていく。女性文化人も同じで、よっぽど営業力がある、固定の読者や熱烈な支持者がついている、本物の才能や実力がある、といった女でなければ続かなかった。

元の生活に戻ったものの、いったん華やかな世界を見てちやほやされたあなたは悶々《もんもん》とした。テレビに出ている自分より容姿も才能も劣るくせに、ちやほやされている女性文化人達が許せなかった。

とはいえ、ネットであいつはブスだのババアのくせにだの、不毛な悪口を書くしかない。自分も同じように、書かれるし。

「もう一度、種市基剛さまに会いたい」

あなたは熱望した。あの男はきっといる。きっと、また会いに来てくれる。

※

「次の作品を書いたら、あなた来てくれるかな」

散らかり放題の部屋。乱雑な机の前に座り、あなたはパソコンを立ち上げる。でも、何もする気力がない。魂が半分、抜け出ている気がする。

誰にも会いたくないし、何もする気が起こらない。すでにあなたはもう、半分この世にいないような心もとなさを覚えている。

「来てくれなきゃ、基剛さん」

次の作品など、書ける状態ではない。でも有名になりたい。美貌と才能を讃《たた》えられたい。何より、彼が欲しい。

「基剛さん、今どこにいるの」

種市基剛ではない。その名前ではないとわかってしまっても、呼びかけてしまう。その名前が本名の奴など、思い出すだけでおぞましくてならない。

鏡を見ると、絵で見た餓鬼《がき》のような顔が映る。永遠に飢え続ける餓鬼。食べられないし、食べても絶対に満たされることのない責め苦。

「そんな須美香の願いを叶えるため、俺はやってきた」

突然、リビングのドアが開いた。冷たい風と、死の臭いとしかいいようのないものが流れ込んできた。

あ、昨夜、久しぶりに近所で飲みすぎて帰ってきて、玄関の鍵をかけ忘れたかしら。あまりのことに、あなたは半笑いだ。

「久しぶりだな、須美香」

久しぶりの、権兵衛。長らく風呂に入ってないのか、死体をいじりすぎたためか、異様な臭気を漂わせている。でも、正真正銘の権兵衛。

「権兵衛、だよね」

老けて、ますます醜くなっている。でもあなたに恋い焦がれてる。哀しい、お互いに。

「基剛だよ」

逃げられない。抵抗もできない。

殺す気満々、死ぬ気満々の奴と向かい合って、逃げられる場所などない。あの建物に逃げ込みたい。でも、次にあそこへ行くときは死んでいるだろう。

「お前、明日のニュースはトップ扱いだよ」

椅子ごと蹴られ、あなたは床に倒れ込む。痛みと恐怖で、息がつまった。

「犯罪史に残る猟奇事件の主要な登場人物として、ずっと語り継がれる。俺も、これでまた有名になってから死ぬよ」

権兵衛の手が、喉に食い込む。首を絞めあげられる。

「被害者はたいてい、美人といってもらえる。さらにお前は才能があったと、香典代わりに付け足してもらえるだろう」

遠のく意識。混濁《こんだく》する現実。ふわりと立ち上がる、夢。

あなたはいつの間にか、あの場所にいる。澱んだ人工の池がある、中庭。そこに、仰向《あおむ》けになっている。

枯草を踏み分けて、誰かが来る。あなたの頭のところで、足は止まる。

「須美香さん、私は約束は守ったのよ」

だるい。力が入らない。体が動かない。でも、苦痛はない。このまま枯草に埋もれていってもいい。でも、どうにか視線だけをそちらに向けると。

黒髪の細身の女がいる。一瞬、あの黒井ミサらしき女と思う。でも、違う。

一回り以上、若い。顔もまったく違う。別人だ。よく見れば、着ているものはいつもの黒いメイド服ではなく、黒いセーラー服だ。

「あなた、誰」

「私が、黒井ミサよ」

「ああ、そんな気がしたわ」

あなたは目をつぶる。本物のミサがしゃがみ込み、優しく髪を撫でてくれる。

「今まで黒井ミサだと思っていた女は、違うのね」

なんとなく、なんとなくわかってきた。黒井ミサと思った女が誰なのか。本物の黒井ミサは、それには答えない。

「ここは、昔から私が魔術の修行をし、実験をしていた場所よ」

見上げるあちこちの窓ガラスに、死者達の顔が揺れている。あなたもいずれ、その中に混ざる。

ここは、死者達にはなかなか居心地のいい場所。

「昔は名門ホテルだったけど、廃墟《はいきよ》になっていた。私はここで独自に薬草を育てたり煮出したり、生き物を使っての呪術も行っていたの」

次第に、あなたは体が枯草に埋もれていく。たぶんこの下に、お母さんは埋められているんだな、あなたは気づく。

「もう三十年以上前、誘拐犯が可哀想な被害者をここに連れてきて、殺してしまった。そう、誘拐犯は寺石佐和夫と島倉里紗ね」

白黒の、不吉な写真がよみがえる。やっぱり最初に黒井ミサと思ったのは、お母さんをさらった島倉里紗だったんだ。

今さら気づいてもどうにもならないことに、気づく。

「可哀想な犠牲者、被害者はあなたのお母さん」

可哀想な、お母さん。もう、顔も覚えていない。あなたは、泣こうとする。涙は出ない。

「私は、大事な場所を荒らされてとても怒ったの。あなたのお母さんも可哀想だったし。でも発見したときはもう、虫の息」

犯人達も、元はまともだったらしい。そうかな。あなたは自身をも振り返る。元からまともじゃなかったのを、隠して生きていただけじゃないの、と。権兵衛もだ。

「お母さんはまさにここに、首を絞められて捨てられていた。あいつらは逃げていったけど、自殺に追いやられた。ううん、私が追いやった」

あいつもそいつも、自分も。みんなみじめだな。可愛い、可愛いと育ててくれた親もいたのに。その言葉は口にしなくても、ミサには伝わったようだ。

「そうよ。みんな可愛い時期はあったし、育ててくれた人もいたのよ。私はちょっと違うかな。私は最初から、魔女よ。魔女でなかったときから、魔女だった」

魔女の一番の目的は、人を使って魔術の効果を確かめること。マッド・サイエンティストという言葉が浮かぶはず。

「実は、あなたのお父さんに電話したときのお母さんは、もう死んでたの。黒井ミサと一緒にいる、といったときのお母さんね。私がちょっとだけ生き返らせた」

この人、やっぱり怖い女だわ。いや、その前に。人、なのか。ああ、そうか、魔女だった。ぼんやり考えを巡らせ、あなたは少し息苦しさを覚える。

「私は、死にかけているあなたのお母さんの頼みを聞いてあげたの。お母さんの願いは、まずはあなたがいずれきちんと成長して、事件の真相を明らかにしてくれること」

ママ。やっぱり、恋しい。もうすぐ会えるのかな。あなたの考えは、次第に混濁してくる。湖の水のように濁り、澱んでくる。

「憎い寺石佐和夫と島倉里紗を、死ぬより恐ろしい目に遭わせてほしい。お母さんは、死にゆくとき私の手を取って頼んできた」

そんな願いを聞き入れる、あなたは誰、と須美香さんは目で訴えかける。だんだんわかってはきたけれど、あなたは深いため息をつく。死の間際のお母さんのように。

「繰り返すけど、私は魔女なの。だから、人間を使っての実験をしたかっただけじゃなく、代わりに願いも叶えてあげたわ」

そういえばミサ、三十年以上前にここにいたってことは、とうていセーラー服を着ている年頃ではない。といいたい須美香さんは、もう喉がふさがっている。

「あいつら、許せなかったの。私の大事な仕事場、実験場、休憩所を荒らして汚して。薬草を踏みにじり、祭壇を壊し、魔法陣をぐしゃぐしゃにした」

怒っている姿が、子どもっぽい。ああ、やっぱり魔女だ。歳を取らない、時空を超えるんだ。でも、まったくもってセーラー服の似合う姿。永遠に高校生の年頃。

あなたはうらやましい、といいかける。ううん。怖いでしょ。可哀想でしょ。

「最初、あなたが黒井ミサかな、と思ったのは島倉里紗よ。それはもう、気づいてるんだったわね」

里紗も、首を吊って死んだんだった。今あなたは、この息苦しさはお母さんの死を追体験しているのかと感じているでしょうけど、里紗のものも混ざっている。

「あなたが夢うつつの中で会った、種市基剛と名乗る男は寺石佐和夫よ」

なんとなくわかっていたような気もするし、ええっ、そりゃないよ、ひどいよ、こんなだまされ方ないわ、と須美香さんは泣きたくもなるね。

「二人はわかりやすくいえば、ゾンビよ。死んでいるんだけど、私に操られていた。あなたを呼びだし、あなたに文章を書かせた。

あなたが書きたがっていたから、手助けをした。あなたの望みを何か叶えるというのも、お母さんとの約束の一つかな、と感じて」

この魔女のいうことは聞いてしまうわ、誰だって。

「用済みの二人は、もう消えたわ」

それは成仏した、ってことでもあるの。私は慈悲もある、といいたげにミサは微笑む。

「ずっと死んだまま生かしておいたけど、さすがにもう可哀想になってね。って、用済みってのが大きいんだけど」

なんとなく、よかったね、とすら須美香さんは思ってしまうでしょう。

「ちなみに、寺石佐和夫があなたを乗せた車も、いってみれば車の幽霊よ。彼が練炭を焚いて、死んでいた車。とっくに廃車になってるけど、私がよみがえらせた。これもなかなか大変な魔術なのよ」

背中に、お母さんの気配を感じるでしょう。待ってるわ、可愛いあなたを。死者は歳を取らない。魔女もね。あなたはお母さんと同い年になっちゃった。でも、再会したら甘えてあげて。

「でも私の水晶玉の占いによると、あなたはもともと寿命が短かった。なんとか避けさせようと、ヒントと逃げ道はいろいろ用意してあげたのよ」

今さらそんなこと、いわれても、だけど。そう、運命は変えられる、と誰かに聞いた気がするでしょう。

私は変えられない方に突き進んだんだな、と須美香さんはまたため息をつく。

「種市基剛という名前。これを早く思い出せば逃れられた」

やだよ、あんな三文文士の蛆虫。口が動けば、唾を吐きたい。

「報道が出たとき、すぐ蛆虫って言葉、ハンドルネームの三文文士に気づいていれば、やっぱりあなたは逃亡の時間を稼げた」

あんな奴のこと、考えたくもなかったもん。でも、そんな奴に殺されるんだ。あ、だけど私は本当にこれで有名になれるわ、とあなたは少しうれしくもなる。

「私はずっと、あなたに語りかけていたのよ。もう、私の声も届かないところに行ってしまうけどね、あなた」

いつの間にか、隣に権兵衛がいる。彼から本物の蛆虫が這い出してきて、あなたにまとわりつく。口の中にも、入り込んでくる。

「須美香、一回くらい本名で呼んでくれよ」

「いやよ。権兵衛、この蛆虫」

口の中の蛆虫を吐きだしながら、力の限り叫んだ刹那《せつな》、あなたは廃墟から自宅に戻る。身も心も。ただし、どちらももう、死んでいる。

権兵衛はあなたを自宅で殺した後、中から鍵をかけて自分も用意していた劇薬をあおった。もがき苦しみながらも、あなたの隣で息絶えた。

三日後、異臭で二人は発見された。本物の蛆虫にまみれて。ちゃんと、蠅になっているやつもいた。

そしてあなたの本は、一日だけネットでベストセラーの一位を記録した。ニュースでは、本当に美人作家といってもらえた。

お母さんの事件もあなたにからめて改めて取り上げられ、再捜査が始まった。たぶん、近々お母さんも発見してもらえるでしょう。

私ももう、あなたには話しかけないわ。さようなら、須美香さん。

エピローグ【黒井家のお嬢様】

そんなわけで私は、黒井《くろい》ミサとして生まれ、魔女として新たな生を与えられた。

ときおりトランクを開けて小さなパパとママを取りだし、魔術や呪術を教えてもらい、ときには一緒に悪魔や使い魔を呼びだし、さらに魔力を深めていった。

パパとママは元の姿に戻ろうとすればできるけど、しばらくはこの状態でいたいといったわ。滅《めっ》多《た》に、この奥義を窮めている人はいないもの。

そうして私は、それなりの魔術や呪術を一通り覚えて使えるようになると、まだどの魔女も成功していない魔術はないかと考え、古今東西どこの呪術師にもできなかった呪術はないかと調べたの。

パパとママにも相談したわ。

そして、わかったの。タイムトラベル。時間旅行よ。

未来に行ったり、過去に戻ったりすること。百年後に生まれる子孫を抱っこしたり、五百年前のご先祖に挨拶したり。いったん人類が滅亡して機械が支配する一万年後の世界を歩いたり、一億年昔のジャングルで始祖鳥《しそちょう》とたわむれたり。

もちろん、未来の結婚相手を見る魔法とか、昔なくしたものが今どこにあるか探す呪術といったものは大昔からあるし、それができる魔女も呪術師もたくさんいる。

だけど、自身が未来に飛んでいったり、過去に泳いで戻ったりは誰もできない。

私なら、できる。そうしてあるときを境に私は人前から姿を消し、その魔術の会得《えとく》に没頭した。

そうして、どうやら身につけられたみたい。

この物語を読んでくれてるあなた。私はきっと、未来のあなたに会ってくるわ。たぶんあなたは、
そんなの怖い、という未来の話をしてあげる。

もしくは、あなたの過去に潜り込んで、あなたの怖い秘密を見てくるわね。

Novelization

岩井志麻子 *Iwai Shimako*

1964年岡山県生まれ。高校在学中の82年に、第3回小説ジュニア短編小説新人賞に佳作入賞。少女小説家を経て、99年『ぼっけえ、きょうてえ』が第6回日本ホラー小説大賞を受賞。同作で00年に第13回山本周五郎賞受賞。また02年には『岡山女』で第124回直木賞候補となる。精力的な執筆活動と並行して、多数のメディアに出演しコメンテーターを務める。また、女優としてドラマや映画に出演し、活躍の場を広げている。ほかの著書に『現代百物語』シリーズ、『「魔性の女」に美女はいない』、『忌まわ昔』などがある。

Opus

『エコエコアザラク』

『週刊少年チャンピオン』誌において、1975年から79年まで連載された古賀新一の代表作品。黒魔術を操る若き魔女・黒井ミサの周囲で起こる奇怪な事件を描いたホラー・コミック。親しみやすい美少女と冷酷な魔女の顔を併せ持つ黒井ミサは比類なきダーク・ヒロインである。80年からは『月刊少年チャンピオン』誌に場を移し、高校生編『魔女黒井ミサ』『魔女黒井ミサ2』として83年まで連載。また93年からは『サスペリア』誌にて『エコエコアザラクII』として復活連載を果たした。09年には週刊少年チャンピオン創刊40周年記念企画として同誌にて最新読み切りが発表されている。6作の劇場映画、2度のテレビシリーズ化に加え、作者である古賀新一自身が監督を務めたビデオ映画などの実写作品のほか、OVAやゲームも制作されている。現在も少年チャンピオンコミックス版『エコエコアザラク』全19巻、『エコエコアザラクII』全6巻(共に秋田書店)が発売中である。

Original

古賀新一 *Shinichi Koga*

1936年福岡県生まれ。中学校卒業後、会社勤めの傍ら独学で漫画を習得し、21歳で上京。貸本向け単行本などで活動を始めたのち、64年に『週刊マーガレット』にて『白へび館』の連載を開始し、以降少女向けホラー漫画家として人気を博す。75年に始まった『エコエコアザラク』は、『週刊少年チャンピオン』をはじめ『月刊少年チャンピオン』『サスペリア』など複数の掲載誌での長期に亘る連載に加え、数度のテレビドラマ・映画などの実写化も行われた代表作となる。2018年3月1日、病気のためこの世を去る。

APeS Novels

APeS Novels（エイプス・ノベルズ）は、

株式会社秋田書店、株式会社パルプライド、株式会社誠文堂新光社の三社協業によって構築した小説を中心とする読み物を創り出すレーベルです。

常に進歩し多様化するエンターテインメントを追求し、あらゆる世代、あらゆる趣味嗜好をお持ちの読者の方々に娯しんでいただける、新しい活字メディアを創造していきます。

企画協力　株式会社 秋田書店
制作・編集　株式会社 パルプライド

APeS Novels（エイプス・ノベルズ）

小説《しょうせつ》　エコエコアザラク　NDC913

2019年8月16日　発　行

著　者　岩井志麻子《いわいしまこ》
発行者　小川雄一
発行所　株式会社　誠文堂新光社
〒113-0033　東京都文京区本郷3-3-11
（編集）電話 03-5800-5776
（販売）電話 03-5800-5780
http://www.seibundo-shinkosha.net/

印刷所　星野精版印刷 株式会社
製本所　株式会社 ブロケード

ISBN978-4-416-71928-2